Autodafé

T0083419

diaphanes

George Tabori

Autodafé

Mémoires

Traduit de l'allemand par
Rosine Inspektor

diaphanes

Titre original : Autodafé

© 2002, 2007 Verlag Klaus Wagenbach, Berlin

© diaphanes

Bienne-Paris 2013

Tous droits réservés

ISBN 978-2-88928-005-6

www.diaphanes.fr

À vous mesdames

À en croire les douteuses rumeurs propagées par les dames de la famille, je ne voulais pas venir au monde. Oh non, mon trésor, tu étais si heureux dans le ventre de ta mère, disaient-elles, goûtant le calme des eaux utérines et n'ayant de comptes à rendre qu'à toi-même, bienheureux dans l'ignorance du monde hostile qui t'attendait dehors, lorsque dans la nuit du 23 mai, en cet an de disgrâce 1914, ta mère fut prise d'un fou rire – non qu'elle ait trouvé l'événement amusant, mais le médecin de la famille, un certain docteur Wehmut, un parent à la calvitie naissante qui avait du poil aux oreilles, lui avait conseillé de rire, non pas joyeusement, comme si elle avait entendu quelque chose de drôle, mais pour relâcher la tension abdominale. Suivant ce conseil un tantinet désuet, elle se mit, dit-on, à rire aux éclats et à m'expulser tête la première dans le monde hostile évoqué plus haut ; à cet instant, grand-mère

Fanny, une très petite femme un peu superstitieuse, déboula dans la chambre à coucher de mes parents – les enfants, à l'époque, moi y compris, naissaient dans l'espace privé du foyer bourgeois – et cria en agitant les bras : « Attends, attends encore un peu, Elsa. Demain le 24 est un dimanche, cela lui portera chance. »

Je me repliai donc en attendant le dimanche. Le jour venu, je fis enfin mon apparition, petite nouille dodue, absolument identique aux autres bébés, aux millions d'autres, arrogant, engendré de façon mystérieuse, petite merveille qui à cet instant même glissait dans votre monde ingrat. Je ne donnerai pas ici de sordides précisions médicales, sinon que le cordon ombilical enroulé autour de mon cou faillit m'étrangler ; il suffit de préciser qu'on me lava et que grand-mère Fanny me souleva, puis que ma mère épuisée demanda, pleine d'espoir : « Une fille ? » Fanny me souleva plus haut pour vérifier, « Ma parole, non ! » et ajouta, avec son humour le plus flegmatique : « Après tout, il n'y a que deux possibilités. » (En ces temps d'innocence, Budapest ne comptait qu'un seul homosexuel qui, accoutré de rose à la mode du XIXᵉ siècle et le visage lourdement fardé, se pavanait sur la promenade le long du fleuve.) Elle me déposa entre les seins de ma mère, tandis que moi, un rien précoce, je commençais à manifester mon déplaisir en lui adressant force coups de pied et coups de poing, à elle et à ce monde glacé. En docte grand-mère, elle poursuivit : « Nous sommes dimanche matin, le 24 mai, en d'autres termes, c'est astrologiquement parlant un Gémeaux, le seul signe qui ait deux visages, un gentil et un méchant. » Elle avait hélas raison, je suis un spécimen sournois. Dissimulé derrière une candide affabilité, dans la chaleur de la nuit je me repais de sang.

Puis s'approcha sur la pointe des pieds, vêtu d'une chemise de nuit et souriant avec bonté, mon frère Paul, de six ans mon aîné, affecté d'un léger strabisme à l'œil gauche. « Je te félicite, chère mère ! s'exclama-t-il. Le voici donc, je ne suis plus le seul. Ah, un garçon. » Le bonheur irradiait de ses yeux. « Je peux le tenir ? » Tout émue, ma mère répondit : « Bien sûr, mais fais attention. » Une fois dans ses bras, mon réflexe fut de lui boxer le nez, sur quoi il resserra son étreinte, toujours souriant, et annonça : « Je vais le balancer dans le Danube. » Il traversa l'appartement en courant. Après une seconde d'effroi, grand-mère Fanny se lança à sa poursuite en criant et rattrapa le quasi-assassin devant la porte, qu'il essayait d'ouvrir. « Remets ce petit à la place qui est la sienne ! cria-t-elle. – Tu ne comprends pas, répliqua mon frère, intellectuel accompli en dépit de ses six ans. Moïse aussi, dans la *Bible*, s'est retrouvé dans un fleuve quand il était enfant. – Laisse Moïse en dehors de tout ça ! » Une petite mêlée me délivra de ses bras et je regagnai le sûr giron de ma mère, devenue livide. Des années plus tard seulement, je compris qu'à sa famille on n'échappe pas.

Je n'ai pas évoqué la troisième femme qui suffoqua ma tendre enfance : Alma von Olmütz. C'était ce qu'on appelait en allemand dans notre foyer bilingue une *Kindermädchen*. À cette époque, une famille respectable se devait d'importer une fille, prélevée si possible parmi les classes inférieures d'une région reculée du royaume, que l'on chargeait de s'occuper des enfants. Alma von Olmütz était à croquer et, comme le veut l'allitération, coquette et coquine ; elle possédait en outre, dans le prolongement de ses hanches, des jambes extrêmement arquées, conçues pour enfourcher un grand nombre d'habitants masculins dudit royaume. C'était ce qu'on appellerait aujourd'hui, j'hésite à le dire, une obsédée sexuelle. Elle vivait avec nous dans une chambre attenante au vestibule. Le matin elle me lavait, m'habillait en chantant de sa voix peu mélodieuse *Viens dans ma tonnelle d'amour*, chanson dont le sens me demeura obscur pendant des années. Sa principale tâche consistait à se promener avec moi dans le jardin du Musée d'histoire naturelle situé près de chez nous. Elle y retrouvait immanquablement Otto-kar, son fougueux bien-aimé, un contrôleur de tramway grand et voûté, doté d'une moustache dont les deux pointes remontaient en volutes. Ils s'asseyaient sur un banc, soupiraient et se pelotaient. Le moment venu, Alma dégageait dans un frisson les différentes parties de son anatomie de celles de son amoureux et chucho-tait : « Il faut que j'y aille maintenant. - Pas encore ! - On se voit demain. - Je ne pourrai pas attendre ! » Et ainsi de suite. Une dernière étreinte, ils se pelotèrent encore à droite à gauche, puis elle s'arracha à lui pour aller me chercher, mais j'avais disparu. Elle cria mon nom, silence, se mit à courir entre les peupliers, ne me trouva nulle part, supposa que j'étais rentré à la maison, se lança, désespérée, à ma recherche, arriva à bout de souffle au troisième étage de l'ancien palais, je n'y étais pas ; suivie de ma mère et de Fanny, en proie aux tortures de l'enfer, elle retourna à fond de train au Musée d'histoire naturelle, au comble du désespoir elles crièrent mon nom, coururent entre les arbres et les fourrés ; grand-mère haletait comme si elle avait voulu remporter le Giro d'Italia et manqua de défaillir, quand enfin elles me découvrirent, assis bien tran-quillement entre les jambes d'un certain János Arany, poète du XIXe siècle dont la statue se trouvait devant le musée. « Qu'est-ce que tu fais là ? s'exclama ma mère. –

Je suis assis », répondis-je. Qu'aurais-je pu dire d'autre ?
Au lieu de m'excuser, je clarifiai les choses : j'étais assis
aux pieds d'un poète.

Mon dernier souvenir d'Alma – quelques années plus
tard, je devais avoir huit ans, comme le temps passe –
c'est la table de la cuisine sur laquelle elle était assise,
m'enserrant de ses jambes arquées. Je sentais palpiter
le centre de son anatomie contre mon cou, sa main
droite pétrissait la zone entre mes jambes, son chemisier effleurait mon visage, d'étranges exclamations,
comme « Oh, Augustin mon amour ! », sortaient de sa
bouche, quand soudain je ressentis une tension singulière, qui se relâcha immédiatement de façon embar-
rassante. Ma mère sortit de la chambre à coucher et
dit après avoir fait quelques pas : « Arrêtez ça tout de
suite ! » Alma me libéra, fut mise à la porte et disparut
pour toujours, mon premier amour, Alma von O.

Poésie et mensonge

Mon frère était un génie. À douze ans, il publia dans le quotidien hongrois le plus en vue des poèmes qu'il avait empruntés à un certain John Donne, inconnu du comité de rédaction. À la même époque, il se fit un nom en traduisant divers poètes autrichiens, dont par exemple Wildgans, et élabora dans la foulée une théorie des noms aussi novatrice qu'absurde. « Qu'y a-t-il dans un nom ? » demandait-il aux connaisseurs de littérature ébahis. « Wildgans, si on le décompose, devient une oie sauvage. Toute poésie véritable, en particulier la poésie autrichienne, est une sorte de chasse aux oies sauvages. Et l'on sait que le grand-père de notre bien aimé Musil écrivait le nom de sa famille avec un "K" au lieu d'un "L". » Il fut bientôt admis aux réunions hebdomadaires du Café Central, alors présidées par Attila Barnafalvy, qui entretenait ses collègues des semaines durant de *Moby Dick*, s'attardant sur la valeur symbolique du blanc et des autres couleurs qu'arborent les baleines. L'audience écoutait bouche bée, notamment parce qu'aucune baleine, de quelque couleur que ce fût, n'avait jamais abordé les rivages du pays. Mon frère Paul supportait ses discours, assis discrètement au milieu de cette société triée sur le volet, momentanément débarrassé de son strabisme. Mais un jour, pendant la courte pause, tandis que les auditeurs lampaient bruyamment leur café, il se racla la gorge et fit la remarque suivante : « Oui, enfin, Melville, employé des postes, ne serait pas devenu ce qu'il est devenu sans son ami et grand clerc ès baleines Orville Pemberton. » On cessa de lamper son café, les regards se tournèrent vers l'enfant puis vers le puissant Attila Barnafalvy, qui, si ridicule que cela puisse paraître, se sentit mis au défi. Il toisa Paul et lui adressa un sourire inquisiteur. « Qui ? - Pemberton. - Ah, lui. » Barnafalvy n'admettait pas qu'un garçon jeune et sans strabisme remette en question son autorité. « Foutaises ! L'influence de Pemberton est non seulement floue, mais aussi hautement discutable. - Je ne dirais pas cela », rétorqua Paul.

Après une petite pause, une dizaine de têtes éminemment littéraires se mirent à danser autour de son costume de marin. « Il ne dirait pas cela », commenta Barnafalvy réjoui, comme s'il avait fait une remarque spirituelle. Mais à son grand agacement, c'est Paul qui continua de monopoliser l'attention. Il se pencha pour reprendre le dessus, la main en suspens, prête à frapper. À cet instant, le silence fut interrompu par le bourdonnement d'une mouche qui vint se poser sur le front de Barnafalvy. Il frappa un coup et la manqua. « Jeune homme », dit-il en se tournant vers Paul, mais les spectateurs suivaient des yeux la mouche qui se dirigeait à nouveau vers son front, comme s'il avait parlé avec elle (avec la mouche, j'entends). « Ce Pemberton a dû tirer son savoir de ses visites au jardin zoologique, mais en dépit de ses poèmes inédits, son influence s'est avérée – je crains de devoir me répéter – insignifiante. Le titre de son sonnet raté, *La Valse des baleines*, qui eût suffi à rebuter les critiques, illustre bien la nullité de cet homme. » Même la mouche semblait observer le silence.

« Rien d'étonnant, rétorqua Paul avec dédain et en regardant l'insecte, il n'existe pas.

– Qui n'existe pas ? demanda Barnafalvy, qui voyait de nouveau son autorité menacée.

– Je l'ai inventé. Parce que, poursuivit Paul en posant sa tasse de café, vos interminables élucubrations commençaient à m'ennuyer.

Barnafalvy sembla se ratatiner. « Je sais », dit-il. Son sourire semblait s'être dissocié de sa bouche. Les autres le regardaient sans sourire. C'était un piètre menteur.

Paul sentit la crise arriver ; il se leva, s'inclina devant Barnafalvy et déclara : « Je m'excuse. » Quant au père de Barnafalvy, nom qui signifie « relieur » en hongrois, il ne comptait plus, vingt ans plus tard, au nombre des Barnafalvy. Alors qu'il tentait de fuir en empruntant le pont des Chaînes, gêné par son lourd manteau d'hiver, il fut passé à tabac et jeté dans le fleuve. « Qu'est-il avenu de, comment s'appelait-il déjà, Barnafalvy ? », demandai-je sottement des années plus tard. « Il a rougi le Danube », répondit Paul.

Une ancienne photo montre ce que Paul appellerait, sous l'influence du docteur S. Freud, une romance familiale. Ma mère est assise à gauche, les lèvres minces, la taille plus vraiment de guêpe, elle regarde devant elle. À droite on voit Paul vêtu d'un costume sombre, les jambes nonchalamment croisées, débarrassé de son strabisme et fixant non pas l'objectif, mais probablement quelque vers immortel de Hölderlin. Je suis debout entre les deux, évidemment, en tenue de marin et tourné vers ma mère à qui j'adresse un sourire affable, comme si je lui offrais une tasse de chocolat. « Cela prouve », expliqua un jour Paul, « que les photos mentent forcément, malgré leur ambition réaliste. La réalité à cet instant précis, ce n'était pas une romance familiale, mais pour notre bonne mère, les récriminations de sa vésicule biliaire ; quant à moi, je ne méditais pas sur l'immortel obscurantisme du poète Hölderlin, mais sur les courbes séduisantes du postérieur de notre cousine au second degré, Magda, dont j'étais fou. Et toi tu souriais, mais non sans peine, car il te fallait de toute urgence soulager ta vessie. Soit dit en passant », ajouta Paul qui s'assit sur mon lit, se souciant peu que j'eusse besoin de dormir. « Ce qui m'exaspère dans la soi-disant littérature, c'est qu'elle n'a jamais fait cas du sentiment de triomphe que l'on éprouve à soulager sa vessie ou toute autre partie essentielle de son anatomie. Le temps est venu, dit-il en élevant le ton et l'index, d'en finir avec le mensonge et de célébrer, ne sois pas choqué, la merveille quotidienne que constitue l'acte de pisser. »

Il était tard dans la nuit. Je m'étonnais un peu de son sympathique laïus. Pour finir, il me donna une tape amicale sur la tête et entreprit de « m'éclairer » sur certaines choses, comme on dit. Il commença à décrire, d'une voix légèrement hésitante, ce que font les papillons et les abeilles lorsqu'ils cherchent à se multiplier. J'assistais à sa tentative pédagogique avec un embarras croissant, ne sachant comment lui avouer que malgré l'innocence de mon jeune âge, j'avais déjà à l'époque – comme le dirait un autre poète, Shakespeare par exemple – joui non seulement des charmes d'Alma von O., mais encore de ceux d'au moins trois cousines

15

et demi aux deuxième et troisième degrés, ainsi que d'une certaine Ildik , la femme d'un violoncelliste, dans une station balnéaire. Paul se baissa et m'embrassa sur le front en prononçant ces paroles solennelles : « Tu es un homme maintenant. »

Les membres de notre famille n'avaient pas tous une inspiration aussi bucolique. Je me souviens d'un épisode de ma tendre enfance : deux fois par an, tout le monde se réunissait autour de notre table, une horde d'oncles et de tantes, tandis que ma mère, très affairée, écartait d'un souffle une mèche qui lui tombait sur le nez et apportait le café et les gâteaux. J'avais environ trois ans, je portais ce maudit costume de marin et faisais mine d'écouter, sans y comprendre un traître mot, le brouhaha que formaient les voix des adultes. Je me rappelle vaguement l'oncle Moritz, qui n'avait pas prononcé un mot depuis la guerre franco-prussienne et restait assis sans toucher à aucun plat ; pro-français, il s'était retranché en lui-même depuis la défaite de Sedan et se complaisait à jouer les abrutis. Il y avait aussi tante Irma, une sœur de mon père, joviale et spontanée qui, ayant fait tomber par mégarde son gâteau aux noix, laissa échapper un juron sans rien perdre de sa jovialité, ce qui déchaîna les foudres de mon père devenu écarlate : « Si une seule obscénité sort encore de ta bouche, Irma, je te promets que tu ne resteras pas une minute de plus dans cette maison. » C'est ma mère qui brisa alors le silence, ramassa le gâteau, souffla dessus et le remit dans l'assiette d'Irma. « Maintenant, nous allons écouter notre petit George nous réciter un poème », annonça-t-elle. Je grimpai docilement sur le tabouret du piano et, sans un raclement de gorge, j'entonnai avec emphase l'hymne national : « Dieu, protège les Hongrois », lorsque je vis mon frère adossé au grand poêle bleu, grimaçant de jalousie. Depuis ce jour, je bafouille.

Sa période de mensonge héroïque débuta dans les années vingt, lorsque les gentils Suisses accueillirent cinq cents de nos marmots, lesquels souffraient, pensaient-ils, de malnutrition depuis la première guerre mondiale, guerre que nous avions, il faut bien le dire, perdue. « La charité triomphe toujours », tel était le slogan de l'opération. « Le fromage triomphe toujours », commentait mon père, bien qu'il fût en partie responsable de ce philanthropique exode des enfants. Ces derniers furent répartis dans toute la Suisse ; des mois durant, ils durent s'initier aux charmes de la démocratie et du fromage. Mon frère Paul atterrit à l'âge de quatorze ans dans les environs de Genève, où il fut placé sous l'aimable protection de la baronne Buntsch, une octogénaire esseulée aux nobles principes religieux.

Sur une photo, on les voit traverser une sombre forêt, Paul est coiffé d'un tricorne suisse, une cape marron négligemment jetée sur les épaules. Il écrivit deux cartes postales, adressées à mon père : « Dieu, au cas où tu ne le saurais pas, est amour. » Et : « Crains les flammes du purgatoire. » Grand-mère Fanny se contenta de commenter en allemand : « Eh bien, il ne nous manquait plus que ça. »

Paul revint à la maison, fleurant le fromage, le tricorne suisse toujours vissé sur la tête. Il était pâle, maigre et d'une politesse inaccoutumée. Il se retirait souvent aux toilettes, peut-être pour prier. Du moins son marmonnement comblait-il souvent le silence du déjeuner. La famille opinait du chef et soupirait. Mais quelques jours plus tard, le pot aux roses fut découvert, comme on dit : nous reçûmes une lettre de la baronne, qui félicitait mon père pour son action en faveur des pauvres et joignait à son envoi un chèque de 5 000 francs suisses, « que vous aurez la bonté d'employer, comme l'a exposé de manière si convaincante votre dévoué fils Paul, à soulager l'effroyable pauvreté des petites gens du Danube ».

J'étais assis par terre, entouré de livres de Jules Verne qui me faisaient office de supporteurs, je jouais au football avec des boutons empruntés à ma mère, pendant que mon père, furieux, donnait une raclée à Paul. Celui-ci était assis dans un coin, ne se défendait pas, regardait avec de grands yeux le vide d'où déferlaient les coups paternels. Lorsque nous fûmes seuls, il essuya son nez qui saignait. « Pauvre père, dit-il, prisonnier de ce qu'il est, au lieu d'être ce qu'il devrait être. »

Quelques années plus tard, un scandale similaire ébranla la paix de notre foyer. À l'âge de dix-huit ans, ayant perdu ses convictions religieuses, Paul devint le plus jeune collaborateur d'un très sérieux journal germanophone, intitulé *Pester Lloyd*. Un jour parut, à notre grande joie, un article long d'une page signé de sa main, un entretien impressionnant mais accessible avec un écrivain qui n'était autre que Thomas Mann. Le prince des lettres allemandes répondait à cœur ouvert aux humbles questions de Paul, décrivait les affres dans lesquelles l'avait plongé l'écriture de *La Montagne magique*, avouait franchement l'ambivalence de *La Mort à Venise*, s'entretenait aimablement de ses petits-enfants, prophétisait en des termes sombres la montée du nazisme et défendait avec passion un certain Georg Lukács, le rejeton d'une famille de la haute bourgeoisie qui, comme le veut la logique, finit commissaire à la Guerre lors de la révolution de 1919. Paul concluait par cette citation : « Dis la vérité, pas seulement ce qui est réel. » Il reçut les éloges de la famille et des amis ; mon père l'emmena fièrement dans une tournée de cafés. Cette célébration durait depuis une semaine lorsqu'arriva une lettre polie de l'éditeur de Thomas Mann, nous informant que l'entretien était inventé de toutes pièces. Le célèbre écrivain n'avait jamais posé les yeux sur Paul. Celui-ci avait de nouveau menti, dans le seul but de plaire à son père. À compter de ce jour, je le sais, il cessa de mentir. Il devint un bourgeois convenable, qui écrivit dans plus d'une centaine de livres convenables des choses réelles, et non la vérité. Il émigra à Londres, acte éminemment convenable, et se mit à aider les autres, et non lui-même. Une anecdote raconte comment deux réfugiés se rencontrent, un jour de pluie à Londres. « Pourquoi es-tu si abattu ? demande l'un. – J'ai rencontré Paul par hasard hier, lui répond l'autre. Il m'a rendu un service. – Oh non, pas encore ! »

Un jour, dans les années soixante-dix, je reçus un appel de son fils. Paul était mort. Le lendemain, je pris l'avion depuis Berlin, où j'habitais à l'époque, pour me rendre à Londres. La maison de Stafford Terrace, dans les environs de Kensington High Street, semblait crouler sous les livres, toujours plus de livres, ces maudits livres ; la veuve, les yeux rougis par les larmes, était encore hystérique. Je montai lentement, passai la chambre d'amis, la chambre à coucher, la chambre de la bonne, et parvins dans son bureau au cinquième étage, tout aussi rempli de livres, dans un coin son lit, dans un autre la table de travail, trois feuilles de papier glissées dans la machine à écrire – je nourrissais une secrète admiration pour sa capacité à coucher instantanément ses illuminations sur trois feuillets – moi j'écrivais à la main, après tout Keats non plus n'avait pas de machine à écrire, eh oui, je suis de la vieille école comme mon père, qui avait une merveilleuse écriture, petite et ronde, et entretenait une relation personnelle avec les mots qu'il traçait – même une liste de courses, je ne peux pas la taper.

La chambre était silencieuse, on avait retiré le corps. Quelques années plus tôt, alors que j'étais venu lui rendre visite dans la pièce encombrée de livres et que je m'apprêtais à aller me coucher dans la chambre d'amis, Paul était apparu en pyjama et m'avait tendu une épaisse pile de papiers : toutes les lettres que j'avais écrites pendant trente ans au moins, méticuleusement classées par ordre chronologique et collées au recto de certaines feuilles d'un vieux manuscrit ; elles remontaient à ma lointaine enfance, jusqu'à ce jour où, âgé de huit ans, je m'étais plaint du temps au bord du lac Balaton et de ce que mon père m'avait grondé parce que je ne m'étais pas incliné devant l'évêque local.

« Tiens, c'est pour toi mon frère, c'est ta vie. – Non, reprends ça voyons », m'écriai-je. Il laissa tomber ma vie sur ma poitrine et regagna les hauteurs de son bureau, traînant des pieds dans ses pantoufles. Ces ascensions ont eu raison de lui, soit dit en passant. Sa première crise cardiaque survint lors d'une conférence à Brighton. En réalité, il avait le cœur mal en point depuis ses dix-huit ans, âge auquel il avait fait son service militaire et enduré les rondes de nuit dans la neige que lui infligeaient les sergents instructeurs. Depuis son lit d'hôpital, il nous écrivit une carte postale qui minimisait la gravité de son infarctus. Cependant il se reposa, rentra chez lui, et le médecin lui ayant interdit de monter dans son bureau, sa femme lui installa un lit dans le petit séjour. Mais quelques jours plus tard, il reprit discrètement place derrière sa machine à écrire et se remit au travail, peut-être à son *Histoire naturelle de la bêtise*. Personne ne s'alarma, il avait l'air d'aller bien, trois semaines plus tard il se vêtit de noir et se rendit, accompagné de sa femme, au Café Royal où se tenait le dîner annuel du Ghostwriters Club de Grande-Bretagne, dont il était le vice-président ; on dîna agréablement, sur le chemin du retour il se sentit mal, il monta dans son bureau en respirant avec difficulté, sa femme voulut appeler le médecin de garde, il la retint en esquissant un sourire, enfouit son visage dans ses bras et dit : « Pas la peine. »

Nous nous rendîmes à l'enterrement dans une limousine de location. Blotti dans un coin, j'essayais vainement d'éprouver un sentiment de deuil, pensais à diverses choses, à la main de Paul sur mon front, à sa façon de se moucher, j'essayais de me le représenter, lui qui n'était plus qu'un cadavre à présent – mais sans succès. Entre-temps, je pris conscience de la vive discussion qui mettait aux prises mère et fils. Elle avait manifestement convié deux cents invités de marque, mais leur avait donné l'adresse d'un autre cimetière, également situé à Golders Green. Je finis par intervenir, ce fut ma seule bonne action de cette journée, proposai de nous rendre en voiture au bon cimetière et d'envoyer le chauffeur au mauvais pour qu'il dise aux invités de nous rejoindre. Après quelques tergiversations, ma proposition fut acceptée. Trois messieurs attendaient déjà devant le bon cimetière : un catholique, un protestant et un juif ; ils nous souhaitèrent la bienvenue en s'inclinant à l'unisson et nous conduisirent dans une pièce vétuste au fond de laquelle se trouvait une scène étroite, où une fille vêtue d'une jupe bien trop courte martelait un hymne à l'orgue. Derrière elle se trouvait une discrète porte coulissante par laquelle

Paul, au terme de la procédure crématoire habituelle, devait rejoindre l'éternité. Nous nous assîmes au premier rang, le reniflement continuel auquel se réduisait à présent la veuve ternissait encore ma faible affliction. Je fus ensuite le seul à remarquer une famille, comptant deux jeunes enfants, qui était en train de se rassembler de l'autre côté de l'allée centrale. Je supposai que sa présence s'expliquait par des mesures d'ordre économique. Au bout d'un certain temps, les deux cents invités distingués entrèrent sans bruit et prirent place derrière nous. La veuve assise de notre côté tourna la tête pour les saluer à mi-voix. Puis, quatre assistants vêtus d'un solennel costume noir apparurent dans l'entrée avec le cercueil. Comme ils étaient arrivés au premier rang, je me tournai pour jeter un dernier regard à mon frère, mais j'eus la surprise de constater que le cercueil ne faisait pas plus d'un mètre de long. Qu'était-il arrivé à Paul ? Certes, il n'était pas très grand, mais quel traitement lui avait-on infligé pour le faire tenir dans un si petit cercueil ? Lui avait-on scié les jambes ? Voilà qui serait insolite. Mon absence de chagrin se mua en indignation, je voulus me lever, ils posèrent le petit cercueil sur la scène tandis que la fille courtement vêtue entamait un nouvel hymne, je quittai mon siège, prêt à m'insurger contre cette manifeste amputation des jambes ou, Dieu nous en garde, de la tête – mais qu'avez-vous fait à mon frère – lorsque les trois religieux surgirent à mes côtés, m'informèrent avec émoi que l'on nous avait menés dans la mauvaise chapelle et que nous serions très aimables de bien vouloir regagner la bonne. Nous suivîmes les instructions et nous dirigeâmes, escortés des deux cents invités, dans la chapelle voisine. Cette fois se tint sur la scène une cérémonie policée, avec un discours prononcé lentement, d'autres morceaux à l'orgue et un cercueil assez grand pour contenir mon frère, qui disparut finalement par la porte coulissante pour être incinéré et s'agréger aux cendres de quelque mystérieux inconnu.

L'étoile jaune

Ma mère était une mère, basta. Que dire de plus ? Elle mit au monde deux fils et perdit sa taille de guêpe. Auparavant, jeune fille, elle avait eu un « amour aux mains blanches » qui ne revint pas du champ de bataille – pas d'amant. Elle n'aurait guère sa place dans des souvenirs littéraires, si son manque de mystère ne la rendait mystérieuse. Son silence cachait quelque chose que je n'arrive pas à nommer. Elle parlait peu. « Ah ? » – « Vraiment ? » – « C'est une crêpe pour toi. » – « Tu crois ? » – « Tu as bien dormi ? » Une mère poule à l'ancienne ; elle ne m'a pas dit non une seule fois. Cela explique peut-être ma vaine passion pour les femmes qui disent oui.

Elle ne mentionna jamais en ma présence le tort causé par ma naissance tardive à la finesse de sa taille. C'est elle qui m'acheta mon premier pantalon ; elle me peignait les cheveux en chantant faux ; elle vint à l'école présenter ses excuses au professeur Tarnoczy, féru d'histoire et d'escrime, à qui j'avais demandé à la fin du cours si le Tout-Puissant portait la barbe et si oui, à quelle fréquence il la taillait (cette irrespectueuse question me valut d'être mis au piquet trois semaines) ; elle fit la connaissance, en arborant un aimable sourire, de certaines de mes petites amies, dont la dangereuse Mademoiselle Z. ; elle m'emmena voir le distrait docteur Lányi pour qu'il examine mes testicules enflés, devenus gros comme des melons ; elle me suivit dans différentes villes étrangères comme Londres, New York et Los Angeles, observa gentiment ma première femme qui s'efforçait de lui apprendre les bonnes manières à table tout en commentant, alors qu'elle s'exerçait à l'art de manger le saltimbocca : « Oh la la, quelle maniaque ! » Elle manifesta un intérêt tout aussi aimable et distant à l'égard de ma deuxième épouse à New York, laquelle semblait désapprouver l'intrusion d'une autre femme dans son cercle exclusivement suédois. Celle-ci lui ayant à peine adressé la parole, ma mère jugea qu'elle était « silencieuse comme la mer ». En Californie, elle se lia d'amitié avec l'actrice Greta Garbo ; elles passèrent des heures assises ensemble, à papoter en allemand et à désapprouver ma soudaine aversion pour l'oisiveté.

Je n'ai été méchant qu'une fois avec elle. Dans les années cinquante, nous avons vécu au bord du lac de Côme. Alors que nous prenions le petit-déjeuner sur la terrasse de l'hôtel, je lui dis que Mussolini avait été fusillé là, sur la gauche, tout près d'ici, devant la clôture d'un jardin. Elle me regarda comme si c'était moi qui l'avais tué. Pourquoi me fit-elle me sentir coupable ? Ce n'était plus la mère de famille que j'avais devant moi, son silence me disait que personne ne devrait être fusillé, pauvre homme, abattu là, sur la gauche, devant la clôture du jardin, tu n'as pas honte ? Tous les jours, nous nous rendions en barque de l'autre côté du lac, où se trouvait une horrible villa, construite avant la première guerre mondiale par une famille anglaise et que son propriétaire louait à un prix raisonnable. Il y avait sept chambres à coucher et sept lits, c'est tout, et des cyprès disposés en cercle dans le jardin. J'avais l'intention de m'y installer pour quelques années et d'écrire. Un jour que nous voguions sur le lac ensoleillé, une tempête se déchaîna. Le ciel était d'un gris menaçant, le vent immobilisa notre embarcation. Je ramais en vain, nous n'avancions pas, le ciel s'obscurcit, la police maritime finit par arriver et nous remorqua. « Nous ne sommes pas les bienvenus ici », dit ma mère en prenant congé du lac et de la villa aux sept grands arbres. Nous partîmes le lendemain et roulâmes vers le sud dans ma vieille Packard ouverte et bringuebalante, une rareté rouge qui crachait tous les cinquante kilomètres et tombait toujours en panne sur une place de village, à la grande joie des Italiens qui s'exclamaient : « Ah, une voiture américaine ! » et enroulaient une compresse mouillée autour de ce qu'ils appelaient une « bobina ». Ma mère semblait apprécier ces interruptions et s'écriait immanquablement, lorsque la voiture redémarrait : « À la prochaine, colonel Packard ! » Nous arrivâmes en fin d'après-midi à Naples, c'était un dimanche, les habitants nous accueillirent en foule dans les rues étroites, ils gratifièrent d'une tape amicale la Packard à bout de souffle et encouragèrent ma mère, laquelle, ne leur faisant toutefois pas entièrement confiance, se cala dans son siège en posant une main protectrice sur les bagages. J'étais de plus en plus impatienté par la lenteur de notre progression, le bateau qui partait pour Ischia, notre destination, semblait hors d'atteinte, nous parvînmes quand même à nous frayer un chemin dans les rues bondées, bravo colonel Packard, mais la route pavoisée qui menait hors de la ville se trouva soudain bloquée par une joyeuse manifestation communiste ; un concert de voix s'éleva contre l'exploitation de la classe ouvrière. La sueur coulait sur ma chemise, je dus emprunter une rue latérale, nous nous retrouvâmes dans un paysage poussiéreux et vallonné lorsque ma mère me demanda aimablement : « Où nous conduis-tu ? », suite à quoi je perdis mon sang-froid et m'écriai : « Ça ne te regarde pas. » Nous attrapâmes de justesse le bateau pour Ischia, où nous habiterions pendant six mois dans une ancienne chapelle. Ma mère raconta un jour qu'un autre auteur de théâtre, Ibsen, y avait lui aussi vécu quelques années plus tôt et écrit une pièce étonnamment féministe pour l'époque, intitulée *Une maison de poupée*. Même si à chaque fois qu'il allait se promener, ajouta-t-elle, sa femme devait marcher derrière lui en respectant une distance de trois pas. « Est-ce que les écrivains sont tous aussi bizarres, mon fils ? » Cette phrase, la plus longue qu'elle ait jamais prononcée, était une allusion discrète à la grossièreté dont j'avais fait preuve dans les collines de Naples.

Quelques années plus tôt, durant l'hiver 1945, elle se trouvait à Budapest au cœur d'une nuit froide, une petite valise à la main. Les Russes stationnaient à une distance maximale d'un kilomètre sur sa gauche, les Allemands attendaient à une distance de deux kilomètres sur sa droite. Avant cela, elle avait vécu cachée dans un appartement avec sa sœur Martha et son mari, Oncle Gyula, joué au rami en attendant la paix. Cette nuit-là, mon cousin, qui s'appelait George lui aussi, mais que l'on surnommait « Scarlet Pimpernel », un résistant héroïque à la flamboyante chevelure rousse, était venu leur dire qu'ils devaient se séparer, que les troupes approchaient. Il avait trouvé pour ses parents une autre cachette, quant à ma mère, il ne pouvait rien faire pour elle, il lui baisa la main et lui souhaita bonne chance, dans une étreinte baignée de larmes, Martha demanda : « Où veux-tu aller ? – Je vais m'en sortir, partez, il est temps », répondit ma mère, et elle se mit en route. L'époque et la vie étaient ainsi faites.

Du reste, Cousin Pimpernel, qui travaillait en étroite collaboration avec la secourable mission suédoise, ne pouvait véritablement rien faire de plus pour ma mère. Mais le fait qu'il n'aide pas mon père, déjà déporté dans un camp de concentration de la région, donna prise à de vagues rumeurs dans la famille. Après la guerre, le cousin émigra en Australie, nous échangeâmes de nombreuses lettres. Un jour, il me demanda conseil pour savoir s'il ferait mieux d'écrire une version contemporaine de *Faust* ou son autobiographie. Je retins la deuxième option, *Faust* ayant déjà été traité, et lui demandai courtoisement dans un bref post-scriptum pourquoi il n'avait pu sauver mon père. Il ne répondit pas, sans doute par mauvaise conscience, et demeura muet pour toujours. C'est vrai qu'il n'aimait pas mon père. Une photo nous montre enfants, assis sur une couverture, Cousin George pleure, je l'avais frappé, mon père sourit d'un air approbateur.

Dans cette nuit de l'année 1945, il y eut enfin un cessez-le-feu, les Allemands comme les Russes eurent interdiction de se tirer dessus pendant vingt-quatre heures ; le seul aspect positif des guerres c'est la pause, lorsqu'on peut se soulager ou boire une dernière gorgée et maudire les généraux. Agrippant sa petite valise, ma mère traversa la ville silencieuse, seule dans les rues, pas un chat à l'horizon, ses pas rapides résonnaient, la ville semblait retenir son souffle, les fenêtres opaques laissaient deviner quelques lumières derrière les rideaux, on entendait une voiture à quelques kilomètres de là. Elle mit environ une heure pour rejoindre la place Marie-Thérèse, à une extrémité de laquelle les Russes attendaient, dans une église, les Allemands à l'autre. « Il faut que tu dormes », pensait ma mère. Elle s'arrêta au centre de la place muette et frappa à une porte. Après quelques instants, une voix répondit poliment : « Qui, si je peux me permettre cette question, est dehors à une heure si tardive, et trouble la relative tranquillité de nos heures de paix ? » Ma mère eut un soupir de soulagement, car elle avait reconnu le style inimitable de celui qui avait prononcé ces mots. « C'est moi, Tante Elsa », répondit-elle. La porte s'ouvrit en grinçant et le visage glabre – les gens s'obstinaient à se raser – de Jenö apparut. Il la regarda, incrédule, et s'écria en battant des mains : « Mon Dieu, Tante Elsa, je rêve, non, je ne rêve pas. Entrez, je vous en prie, dit-il plus bas, entrez, la vie, même en ces jours troublés, est pleine de surprises merveilleuses, très chère madame. » Jenö – Eugen dans sa version occidentale – avait fait quelques apparitions chez nous au cours des vingt dernières années, accompagné de sa jolie (quoique replète) maman, chargé d'une pastèque ou d'un sac rempli de biscuits au chocolat. Mon frère et moi ne prêtions guère attention à leurs visites inopportunes. Notre père avait un jour mentionné qu'il lui était arrivé, par le passé, de rendre un service à la gironde mère. « Ah, il y a des années de ça, c'était une réfugiée tchèque à l'époque. » Aux grands jours du nationalisme, il avait fait en sorte qu'elle puisse rester dans notre pays. Ils réapparaissaient chaque année, généralement à Noël, la mère était de plus en plus grosse, le petit Jenö de plus en plus grand et, de nouveau avec l'aide de mon père, il devint une personnalité incontournable dans la direction de l'atelier de composition typographique d'un journal et adopta un jargon étrange, qui évoquait vaguement le style d'un commentateur politique. Lorsque les temps difficiles devinrent encore plus durs et que mon père fut arrêté parce qu'il était ce qu'il était, Jenö vint nous voir par deux fois pour s'enquérir de la situation et demander ce qu'il pouvait faire, en sa qualité d'« Aryen passablement préservé du danger ». Ma mère, qui en ces temps sinistres se méfiait de tout Aryen préservé du danger, remercia Jenö et le renvoya sèchement. Il continua à venir, le visage toujours glabre, prit des nouvelles du « très honorable Oncle Cornelius » et laissa son adresse, « au cas où la situation, comment dire, se détériorerait, vous trouveriez tout de même, ma chère, douce et aimable madame, un décent refuge dans le modeste logis de la place Marie-Thérèse, où vous seriez la bienvenue ». Lors de sa dernière visite, ma mère perdit son calme. « Jenö, mon cher garçon, laisse-moi tranquille s'il te plaît, il n'y a rien que tu puisses faire, monsieur Hitler ne nous aime pas. »

À présent ils se faisaient face sur la place sombre. Jenö regardait l'étoile jaune épinglée à sa robe. Il s'approcha et, pour une fois, abandonna son ton de commentateur politique. « Écoutez, dit-il. Vous pouvez venir habiter dans notre cave. Une trentaine d'antisémites y vivent déjà, si on peut appeler cela vivre. Je vous présenterai comme ma mère. La guerre ne peut plus durer très longtemps, toutes les guerres ont une fin. La paix viendra. » Il sourit, son visage inspira soudain confiance à ma mère. « Suivez-moi, très chère Elsa. » Avant de la laisser entrer, il balaya du regard son étoile jaune, en soupirant.

Elle comprit, la décrocha d'une main tremblante et la mit dans sa poche. Il lui fit traverser un couloir sombre, puis descendre quelques marches qui menaient à une cave. Une ampoule nue brillait au plafond. Les gens étaient assis contre le mur, dans un coin, serrés les uns contre les autres sur des matelas et des couvertures, comme des poulets fourbus enfermés dans une cage. « Ma mère », annonça Jenö. Tous la regardèrent. « Il y a du thé », dit une petite femme menue. Elle se leva pour lui apporter une tasse, que ma mère accepta en la remerciant. Puis, un vieil homme voûté se leva avec peine et s'approcha en se tenant le dos. « Toutes les mères de notre cher Jenö sont plus que bienvenues. Nous attendons – il toussa – la victoire finale, est-ce qu'il pleut ? » Ma mère fit non de la tête. « La place sera défendue – il toussa de nouveau – par nos chers alliés. Ils ont occupé la poste, n'est-ce pas ? » Ma mère opina en buvant son thé. « Notre Führer, le vieil homme prononça involontairement « notre fureur », a envoyé un millier de troupes d'élite – quinte de toux – pour exterminer les envahisseurs judéo-bolchéviques. » Un murmure s'éleva de la cloison. « Il faut que ma mère se repose, maintenant », l'interrompit Jenö, et il la conduisit vers un matelas posé dans un coin, à distance des autres. Elle s'assit, les jambes flageolantes. Jenö la couvrit d'une couverture à l'odeur fétide. Il s'assit tout près d'elle et se mit à chuchoter pour que les autres n'entendent pas. « Vous avez faim ? J'ai un peu de pain noir, ça ne vous dit pas ? Allez, reposez-vous. Vous avez assez chaud ? Essayez de dormir. » Puis il se pencha encore plus près et retrouva son ancien style. « Vous seriez très aimable de m'informer, de la manière la plus exhaustive possible étant donné les circonstances, de la situation de votre dévoué mari, Cornelius T. – vous voyez à qui je fais référence – si ce n'est pas trop demander. » Elle ferma les yeux. « Je suis fatiguée, Jenö, je t'en parlerai une autre fois. » Il se rapprocha encore. « Rien qu'une toute petite information, s'il vous plaît. » L'ampoule clignotait. « Il est interné dans le camp de concentration de Csepel. Il s'était cassé la jambe droite. » Elle ne lui dit pas que son mari avait été battu. « Pardonnez mon insatiable curiosité, reprit Jenö. C'est mon père. » Elle ouvrit les yeux, les pensées se brouillaient dans sa tête fatiguée. « Longtemps avant son mariage avec vous, poursuivit-il, lui et ma défunte mère, qui travaillait dans l'atelier de composition, ont eu une relation dont je suis le fruit. » Eh bien, si je m'attendais à ça, pensa ma mère, et sa main s'attarda un instant sur le visage de Jenö, assez longtemps pour lui faire comprendre qu'elle n'était pas en colère, ainsi va la vie, cela n'a plus d'importance maintenant, mais sa vessie s'insurgea et elle dit : « Il y a des toilettes ici ? » Il l'aida à se lever et, la prenant par le coude, la conduisit jusqu'à une porte située quelques marches plus bas, elle le remercia d'un signe de tête, entra, s'assit, n'entendit pas les coups de feu, la fenêtre au-dessus d'elle vola en éclats, un soldat, un Allemand, tomba, il n'avait plus ni menton ni pomme d'Adam, il poussa un dernier cri, pareil à celui d'un enfant, un son étouffé sortit de sa gorge, puis le silence, sa main gauche pendait dans le vide, ses doigts remuèrent, touchèrent la chaîne de la chasse d'eau, se raidirent, tandis que ma mère rajustait ses vêtements. Elle sortit, entendit une voix toute proche marmonner quelque chose en russe, elle vit Jenö, exultant et levant les bras, comme pour signifier qu'une libération revenait à se rendre, ils retournèrent dans la cave, les habitants se serrèrent encore davantage, tentèrent de sourire, le visage blême, la porte s'ouvrit brusquement, un soldat surgit avec son fusil en joue, prêt à tirer, ma mère s'avança devant les visages blafards, le soldat aboya : « Nazi, nazi ? » Ma mère se rapprocha encore de lui, sous l'ampoule nue, et mentit : « Pas de nazis ici », en lui montrant l'étoile jaune qu'elle avait sortie de sa poche. Le visage du soldat, un visage jeune, rougit sous le coup de l'émotion, il marcha vers elle en titubant et de sa main crasseuse s'empara de l'étoile jaune, jeta son arme au sol, vacilla sur ses jambes, perdit l'équilibre, tomba en avant sur ma mère, s'excusa d'un sourire, lui prit la main et murmura quelques mots en russe, elle comprit que la guerre était finie, il lui fit un baisemain très sonore et elle se souvint de ce que son mari, mon père, avait dit un soir où il venait de lire une nouvelle de Tchékhov : « "Les Russes", ça n'existe pas ; ils sont tous différents, l'un est bon, l'autre mauvais, n'oublie jamais cela, mon amour. »

« Parle, mémoire », ordonne le grand Nabokov avec une arrogance toute aristocratique. Ma mémoire ne livre pas beaucoup de secrets, mais bafouille et sautille de-ci, de-là. Voici un exemple de ses inspirations erratiques : ma mère autorise le fils de la cousine Klara, âgé de cinq ans, à aller chercher du pain ; l'enfant, heureux de pouvoir se rendre utile, se met en chemin, il est renversé par un convoi de blindés et découvert au crépuscule, un petit corps frêle écrasé dans la rue. Ou bien ce souvenir : moi, également âgé de cinq ans, regardant par le trou de la serrure et voyant dans la chambre de mes parents ma mère, assise en pleurs sur son lit, tandis que mon père, en chemise de nuit, s'excuse en lui caressant l'épaule. Après la guerre, après des années d'absence, dans une tenue discrète, le rouge pas très bien étalé sur les joues. Elle semblait ne pas avoir changé, mais c'était faux et je m'en aperçus bientôt, son dos s'était raidi sous le poids de la réprobation, peu maternelle et jamais exprimée, que lui inspirait son pays natal. Je ne peux que l'exprimer platement : elle était blessée par ce qu'on – qui précisément, cela n'a pas d'importance, elle ne s'abaissait pas à citer des noms – avait fait à son mari. Par la suite, elle vécut avec moi sur une colline italienne ; elle remontait sagement chaque jour depuis la piazza, sans se plaindre, à mi-chemin elle s'asseyait sur un banc et regardait le soleil sombrer dans la mer. Au bout d'un moment, elle en eut assez de cette beauté et je l'incitai à écrire ses mémoires. Elle se mit à la tâche et, de sa fine écriture penchée vers la gauche, elle raconta ce qu'elle avait vécu. Ce document ne survécut pas au divorce d'avec ma première femme, qui le fourra dans une valise au grenier, c'est ainsi qu'il disparut, Dieu sait où, une victime supplémentaire de ce divorce ; j'ai écrit une nouvelle inspirée de quatre pages tirées de cette autobiographie, sa merveilleuse rencontre avec un officier allemand, qui la sauva, elle seule parmi quatre mille déportés. Elle lit mon manuscrit, hochant de temps en temps la tête, glissant aimablement : « Ce n'était pas une pomme, c'était une poire » et, avec un soupir : « Je n'ai pas été violée dans le char à bestiaux. »

Dans les années soixante-dix, elle vécut à Londres. Un matin, elle alla dans la cuisine se faire une tasse de café. Frappée par une attaque cérébrale, elle s'écroula, l'ambulance, qu'elle avait appelée la bouche pâteuse, la conduisit dans le mauvais hôpital, spécialisé dans les maladies du cou, du nez et des oreilles, et c'est en chemin vers le bon qu'elle mourut. Je prenais mon petit-déjeuner en lisant le *New York Times,* séparé d'elle par de nombreux kilomètres, lorsque mon frère m'appela de Londres et m'annonça, un peu brusquement à mon goût : « Maman est morte. » Il la fit incinérer et demanda que l'on plante sur sa tombe un arbre avec une plaque portant son nom. Je sortis de chez moi et, au coin du pâté de maisons, je rencontrai ma fille sur la Lexington Avenue. Elle vit ma mine accablée. « Qu'est-ce qui s'est passé ? », demanda-t-elle devant le pressing chinois. Je lui pris la main et lui dis, que pouvais-je lui dire d'autre : « Tout le monde meurt. »

Moustaches à la fenêtre

1

La première chose qui me frappa à Berlin, c'est la grande popularité de la moustache. Le professeur Grün par exemple, qui me louait une chambre, ne s'enorgueillissait pas seulement de posséder une barbe biblique, qui encadrait son menton et évoquait le Dieu tout-puissant de Michel-Ange, mais aussi de sa moustache qui reliait pratiquement ses deux oreilles. En outre, qu'il en eût conscience ou non, il pointait l'index comme le Dieu du tableau, notamment lorsqu'il offrait une tasse de café. Sa femme, elle s'appelait Bertha je crois, avait elle aussi sous les narines une ombre indiquant que les êtres de sexe masculin, à Berlin du moins, n'étaient pas les seuls à être dotés de quelques poils au-dessus de la lèvre supérieure. Son fils Heini arborait quant à lui une double moustache, sorte de relique militaire de l'Empire austro-hongrois, qui rebiquait vers le haut aux abords de la bouche et du nez et divisait en deux moitiés son joli visage. Heini était par ailleurs, je le dis non sans réticence, un estropié : deux jambes frêles supportaient un énorme torse, dont émergeait non pas un cou, mais une tête tout ce qu'il y a de plus normal. Il était petit (ne mesurait guère plus d'un mètre), extrêmement intelligent et loquace, et il parlait avec une voix de fausset. Il me réveillait tous les matins vers cinq heures et quart. Il se tenait debout au pied de mon lit, un réveil imaginaire dans la main droite, faisait « brrr, brrr » et s'exclamait : « Lève-toi, où que tu sois, le petit-déjeuner est prêt, lave-toi de la tête aux pieds » et, prenant une voix funèbre : « Dans la Reinickendorfer Straße, les communistes et les nazis se livrent déjà une bataille historique ! » Suivant son conseil, je me lavai de la tête aux pieds et me rendis dans la salle à manger, où m'attendait à ma grande surprise un fastueux buffet. Sur un bahut s'élevaient des montagnes de jambon et de fromage, accompagnés de yaourt, de thé, de café et de Dieu sait quoi encore, tandis que le professeur en blouse blanche jouait les hôtes prodigues et que sa femme Bertha travaillait un morceau de Bach au piano, en sirotant humblement un verre de thé au citron. Je dois ajouter que chez nous, à Budapest, nous ne nous levions jamais avant neuf heures et que notre petit-déjeuner se résumait à un chocolat chaud et un kifli, ou à un croissant avec du beurre et du miel. J'ajouterai que mon monde d'alors était un monde sans moustaches. Pas un membre de ma famille, qu'il soit masculin ou féminin, n'avait entre le nez et la bouche l'ombre d'un poil. Les moustaches berlinoises, une sorte de nouveauté, semblaient être un signe de naïveté ou de pure bêtise. Mon idée sur la question remontait à ma tendre enfance : à l'âge de trois ou de dix ans, je suis allongé dans la baignoire et m'escrime à me laver le ventre, tandis que juste à côté de moi mon père se rase, le visage couvert d'une substance épaisse, blanche et savonneuse ; une lame de rasoir à la main, il retire habilement savon, moustache et barbe, le visage tordu en une singulière et imposante grimace, fronçant le nez et étirant le menton. Dans le miroir, il remarque le regard ahuri que je lui adresse depuis la baignoire et me dit : « Un jour, tu te raseras toi aussi. » Je dois noter que, peut-être par insoumission juvénile, je n'ai jamais suivi cette injonction paternelle. Au contraire, à compter de ce séjour dans la Reinickendorfer Straße, je commençai à me laisser pousser la moustache, et je continue de le faire aujourd'hui, quelque soixante-dix ans plus tard.

Un soir, longtemps après cet épisode, alors que je me couchais dans le lit en acajou, Heini apparut et s'assit sur le rebord de la fenêtre. Il avait l'air extrêmement grave, contrairement à son habitude. « Les rouges et les bruns, déclara-t-il, s'offrent de nouveau une bataille de rue.– Oh, commentai-je. – La situation devient sérieuse. J'ai l'intention d'émigrer en Terre sainte. – Où ? – En Palestine. Je vais dans un kibboutz. – Qu'est-ce que c'est ? – Une tentative collective, de cultiver des oranges par exemple. Mes parents … » Il soupira et hocha la tête. « Ils sont si incroyablement allemands. Ma mère passe son temps à torturer Bach et mon père essaie de guérir les pauvres de ce quartier qu'on appelle Wedding – qui, il est intéressant de le noter, signifie « mariage » en anglais – de toutes les sinistres maladies dont les pauvres sont victimes. Que vont-ils devenir si je pars, dit mon père, je ne peux pas les abandonner, ils ont besoin de moi. C'est un homme bon, je m'inquiète pour lui, cette époque n'aime pas la bonté. Je vais donc cultiver des oranges. Reste à savoir comment, en tant que juif, je peux emporter mes modestes ressources financières. La nouvelle loi nous interdit de transporter de l'argent hors du pays. – C'est vrai ? » Il était en colère. « Tu es juif, non ? – Je dois l'être. » Il faillit tomber du rebord de la fenêtre. « Qu'est-ce que ça veut dire, tu dois l'être ? Tu l'es. Tu as entendu parler des camps de concentration. – Vaguement. – Espèce d'imbécile. – Calme-toi. – Excuse-moi, marmonna-t-il. J'oublie toujours qu'il existe aussi des juifs imbéciles.

Quel âge as-tu ? Dix-neuf ans, quelque chose comme ça. Un jour, tu vas te réveiller. Juste avant qu'ils ne te réduisent en fumée. » Il se laissa glisser du rebord de la fenêtre et s'assit près de moi. « J'ai quelques idées pour me payer leur tête, à ces cochons de nazis. » Il baissa la voix. « Je prends un train, disons pour la Hollande, et je m'installe seul dans un compartiment. La porte est en bois massif, pas en verre. Avant d'arriver à la frontière, je colle mon petit pécule, disons mille marks, sur la porte. Ces cochons de SA rappliquent, ouvrent la porte et me demandent si j'ai de l'argent, non, dis-je, mon oncle m'attend à Amsterdam, d'accord, disent-ils, ils sortent et referment la porte sans avoir vu mon modeste bien. » Ou alors, ajouta-t-il, content de lui, en me tenant la main, « je prends un billet de mille marks et je me le colle sous la plante du pied. À la frontière, une horde de ces répugnants cochons de nazis me conduisent dans une tente ; ils me déshabillent, examinent ma bouche, mon cul, mes oreilles, mais pas mes plantes de pieds. Ce sont des criminels, mon oncle Ben a été battu à mort à Dachau, on ne peut les vaincre qu'avec des méthodes criminelles. Et puis non, se dédit-il immédiatement, non. » Il se leva et, si petit qu'il soit, il avait l'air d'occuper tout l'espace de la pièce. « Je ne serai jamais comme eux, je préfère encore être réduit en fumée ! » C'est le sort qu'il connut quelques années plus tard, sans avoir eu l'occasion de cultiver des oranges.

Mais bien avant cela, un jour, de très bonne heure, après le fastueux petit-déjeuner habituel, le professeur et son épouse me serrèrent la main. « Bonne chance », me dirent-ils ce matin-là comme les autres, à la manière d'un dernier adieu, ce qui n'était pourtant pas le cas. Puis, Heini me prit par la main, me conduisit en bas et m'accompagna dans la Reinickendorfer Straße, le soleil brillait faiblement, jusqu'à la station de métro – ou bien était-ce un arrêt de tram ? – là, il se hissa sur la pointe des pieds et posa sur ma joue un baiser d'adieu mouillé. Puis il me laissa et rentra chez lui, tout petit cul-de-jatte juif parmi les grandes maisons berlinoises, il s'arrêta et m'adressa un signe de la main ; il fit de même chaque matin pendant des mois, mais quand j'y pense après-coup, c'était toujours un dernier adieu.

2

Sur la bordure du quai se tenait une file d'hommes, portant moustache bien sûr, mais aussi de femmes, qui attendaient prêts à bondir, aux aguets. Lorsque le train arriva en sifflant et cracha quelques passagers, ils jouè-rent des coudes pour se faufiler entre les voyageurs qui descendaient. Je tentai un poli « Après vous, monsieur », mais nul ne prêtait attention à moi, ils jouaient des coudes, me laissaient en rade, jusqu'à ce que le train semble au bord de l'explosion et que les portes se referment dans un sifflement. Le train partit, je restai seul sur le quai, attendis le suivant, qui, au bout d'une dizaine de minutes, entra en gare dans un fracas de tonnerre ; entretemps une nouvelle file muette s'était formée derrière moi, qui m'emporta avec elle, me propulsa quasiment dans les airs pour me faire retomber au sein d'une foule tout aussi peu bavarde. Serré contre un ventre, que dissimulait un énorme journal au titre évocateur de *Völkischer Beobachter,* je ne distinguais rien du Berlin matinal. Prenant un air désinvolte, je lus en marmonnant quelques petites annonces, après quoi le journal s'abaissa et découvrit, des narines jusqu'à la bouche, une moustache alliée à un visage lunaire. Je lui souris. « Heil Hitler », fit-il. Ce célèbre salut, accompagné d'une main levée et d'une exhibition d'aisselle, qui allait terroriser presque toute l'Europe quelques années plus tard, je dois avouer qu'il m'était inconnu. Une fois rentré à Budapest, l'unique allusion, même pas un salut, vint de mon oncle Gyula, qui fit un soir cette remarque en passant alors qu'il jouait aux cartes avec mon père : « La moustache a encore proféré un de ses discours menaçants à Munich. » Il y eut un

silence, ma mère arrêta de boire son café, rétrospec-
tivement il me semble que ce fut là un silence historique, de ceux qui évoquent un camp et des monceaux
de cadavres décharnés, mais mon père, piètre joueur,
dit simplement : « Tu joues ta carte ? – Oui, je la joue »,
s'écria Oncle Gyula d'une voix triomphante, et ce fut
tout. Mais dans mon innocence, sinon dans ma bêtise,
je supposai que mon voisin avait dit « Heile Hitler » et,
surpris de le voir adresser à moi, un inconnu, son inci-
tation thérapeutique, je pris une expression sérieuse,
pour ne pas dire doctorale. « Eh bien, quoi ? » aboya-
t-il. « Si monsieur Hitler requiert l'intervention d'un
spécialiste, je suggère qu'il consulte le professeur
Grün à Wedding. » La face de lune ferma lentement sa
bouche derrière son journal et ouvrit ce dernier à une
page sur laquelle était imprimé le discours d'un certain
Goebbels. Il – face de lune, pas Goebbels – rentra le
ventre et dit en parlant de moi, pas de Goebbels, je
suppose : « Il est timbré ! » Je sortis du train et, propulsé par une foule muette, je me retrouvai au jardin
zoologique. J'envisageai un instant de rendre visite aux
pingouins ou aux tigres et de leur expliquer les raisons
de mon attente fébrile, mais d'autres flopées d'indivi-
dus silencieux et armés de moustaches traversaient les
allées dans les deux sens. Qu'est-ce qui les amenait ici
à sept heures du matin ? Aucun d'entre eux ne disait

mot, je me laissai porter jusqu'à l'hôtel Hessler, ma destination, en face de l'Ufa Palast am Zoo, propulsé palais du cinéma, et de l'église du Souvenir, modèle d'édification religieuse. Cette courte promenade m'avait fait du bien, je cessai de trembler, « eh bien, c'est comme ça à Berlin », me disais-je ; je pénétrai dans l'hôtel grâce à d'élégantes portes de verre et me trouvai confronté à un réceptionniste entièrement glabre et chauve, auquel je me présentai. « Ah oui », commenta-t-il ; il m'adressa un regard de compassion et me conduisit à travers une enfilade d'étroits couloirs jusqu'à la cuisine qui, comme je le découvris plus tard, se trouvait près du café, un lieu de séjour bien connu des gens du spectacle, alors que l'hôtel, comme je l'appris encore plus tard, pourvoyait à la restauration de propriétaires terriens est-allemands, venus avec ou sans compagnie féminine. Dans cette cuisine agréable et calme, je me postai face au comptoir, derrière lequel s'affairaient deux cuisiniers légèrement efféminés qui s'immobilisèrent et me saluèrent de la main lorsqu'ils me virent. Je les saluai également, étonné de leur cordialité. Puis une porte s'ouvrit au fond, et un individu à l'allure martiale malgré sa petite taille fit son entrée en tenue d'apparat. L'homme avait un visage diaphane et extrêmement sérieux, doté de la sempiternelle moustache. « Ah oui ! s'écria-t-il, et il se rapprocha en scrutant mes traits. Je suis Eugen, ajouta-t-il plein de mépris pour ce qu'il voyait, le maître d'hôtel. » Je me sentis encouragé par les cuisiniers qui, dans son dos, se mirent à l'imiter en prenant des airs importants. « Comment allez-vous ? », demandai-je, surpris de mon courage. « Tu es… », il coupa court à mes salutations et prononça mon nom avec dédain. « Oui, c'est bien moi » fut la seule réponse qui me vint à l'esprit. « Dans ce cas, tu t'appelleras George à partir de maintenant. » Je hochai la tête, lui aussi, les cuisiniers firent de même. Eugen s'approcha et me fixa, toujours aussi sérieux. « Tu as un nez très typique, dit-il. – Oui, en effet », répondis-je sur un ton agressif. Mais je jugeai finalement inutile de lui témoigner mes sentiments. « Ce n'est pas ma faute. » Mes paroles ne suscitèrent guère de réaction de sa part. « Viens, fit-il, et il se dirigea vers une arrière-salle, je le suivis, tandis que les cuisiniers m'adressaient des signes d'encouragement. Eugen ferma la porte derrière nous. « Assieds-toi », ordonna-t-il. Je regardai autour de moi. Il y avait une table en bois et quelques chaises ; sur la table, des accessoires de cuisine et des boissons. « Une bière ? – Non, merci. – Du schnaps ? » Je secouai la tête. Il ouvrit une bouteille de bière avec un sifflement digne d'un train à vapeur. « Je suis national-socialiste, annonça-t-il. – Les deux ? » Il ignora ma réponse et poursuivit ce qui semblait être un discours prémédité.

« Le Führer s'envole vers le nord. – Ah oui ? – Il va s'occuper de vous. – C'est gentil. – Tu es juif, non ? – Oui, vous aussi ? – L'extermination, dit-il en buvant une gorgée qui laissa un liseré blanc sur ses lèvres, coûte trop cher. Vous serez tous envoyés, il reprit une gorgée, en Ouganda. – C'est où, ça ? – En Afrique ». Il fixa l'évier et essaya, je crois, de se représenter le continent noir au-dessus des ustensiles suspendus. L'extrême sérieux de son visage sembla se muer en un étonnement enfantin. « Les sages de Sion, reprit-il doucement, vont devoir se faire à la chaleur des tropiques. » Eh bien, pensai-je, je suis jeune et, disons-le, idiot, je dois me faire à l'idée que le monde des adultes dans sa totalité, cet Eugen compris, sait de quoi il parle, même si moi je l'ignore, je suis ici dans ce lieu étrange qu'on appelle Berlin pour apprendre qui diable étaient ces sages de Sion. « Lève-toi », ordonna-t-il, puis il noua autour de ma taille une serviette blanche qui faisait comme une jupe et m'arrivait à la cheville. « Tu es maintenant – il m'examina et m'aida à enfiler une veste blanche – un serveur. »

Tout de blanc virginal vêtu, je fus reconduit à la cuisine. Pendant environ une demi-heure, le bras droit chargé de divers accessoires, je m'initiai à mon nouveau métier, tandis qu'Eugen s'éclipsait de temps à autre dans le café grâce aux portes battantes. Vers neuf heures, l'endroit commença à se remplir lentement. Eugen reparut enfin, beugla aux facétieux cuisiniers une commande compliquée. « Maintenant, c'est ton tour », me dit-il. Plusieurs objets dangereux chancelèrent sur mon bras droit. « Va à la caisse », ordonna-t-il avant de se précipiter de nouveau dans le café, me laissant seul, tandis que je rajustai avec assurance la pile en équilibre sur mon bras. Je marchai d'un pas lent jusqu'à la caisse où – mon Dieu, je faillis bien renverser tout le barda – je me retrouvai nez à nez avec une fille, la fille qui tenait la caisse ; je ne vis que deux yeux bleus qui m'examinaient, puis elle baissa un instant les paupières, vers sa poitrine je suppose, dans un mouvement d'abandon empreint de coquetterie. J'étais aussitôt, irrémédiablement et pour toujours, tombé amoureux ; j'ouvris la bouche, je la fermai, je sentis un frisson parcourir ma colonne vertébrale, jamais je n'avais vu un spectacle aussi enchanteur, je me mis à trembler, j'annonçai, que pouvais-je faire d'autre, la charge posée sur mon bras droit : « Un thé, deux capuccinos, un jus d'orange, un chocolat, un café au lait, je m'appelle George, et toi ? » Je l'appris plus tard, il s'agissait d'Anne, la fille du propriétaire de l'hôtel. Elle me tendit l'addition au-dessus des consommations que j'apportais et baissa un instant les paupières pour loucher sur son décolleté ; j'étais sur le point de lâcher tout ce qui m'encombrait, de saisir sa main potelée pour y déposer un baiser, on me pardonnerait bien cet élan de passion juvénile. Mais Eugen était revenu, il m'ordonna de le suivre, je fus arraché à la belle Anne de la caisse et entrai dans le café où se trouvait un assez grand nombre d'acteurs, de metteurs en scène, d'agents et d'autres gens du spectacle. Eugen les avait apparemment prévenus de mon arrivée, leur conversation baissa d'un ton et ils me regardèrent d'un air amusé tandis que, talonnant Eugen, je trottinai vers différentes tables, déposai quelques articles et parvins pour finir à une table totalement occupée. Je m'arrêtai brusquement, car il y avait là un visage célèbre, la grande Gretl Theimer, je crois, la principale interprète féminine du film *Deux cœurs, une valse*, que j'avais vu au moins quatre fois à Budapest, la première star de cinéma de ma vie, elle souriait aimablement et, dans mon étonnement, je renversai le jus d'orange sur ses genoux. Son sourire se figea légèrement, Eugen m'appela. « Retourne à la cuisine », et je m'éclipsai.

Je fus quotidiennement soumis au même examen, mais par la suite je n'arrosai ou plutôt n'orangeai plus les genoux de personne. L'essentiel était la merveille aux yeux bleus qui tenait la caisse, je m'immobilisais devant elle à quatre ou cinq reprises, annonçais timidement ce qui se trouvait sur mon bras droit et ajoutais, transi : « Bonjour », « Comment vas-tu ? » et « Veux-tu m'épouser ? » Elle répondait à ces sottises d'adolescent en baissant les yeux sur une poitrine dont je devais finir par découvrir les impressionnantes dimensions et où je rêvais par exemple d'enfouir mon jeune visage, caché derrière la caisse. Mais voilà qu'un jour, fin ô combien déchirante, Eugen m'informa que mon apprentissage à la cuisine était terminé, je passais au deuxième étage où j'assurerais ce qu'il appelait le service en chambre. Là officiait un gnome boiteux, qui parlait peu mais me montra comment pousser la desserte garnie du petit-déjeuner dans les différentes chambres, où séjournaient des propriétaires terriens est-allemands, accompagnés ou non, dont un spécimen qui ressemblait vaguement à Göring, en pyjama lilas, un combiné téléphonique pressé contre la joue droite. Ce travail, bien qu'impliquant une existence privée d'Anne, avait le mérite de la tranquillité. Le gnome m'enseigna l'art de rapporter les restes fort copieux dans notre petite chambre, où nous les dévorions – jamais, par la suite, je n'ai remangé tant de croissants.

Un jour que je poussais justement le chariot, je m'arrêtai à la vue d'une silhouette sombre postée à l'autre bout de l'interminable tapis rouge. Ses cheveux blancs ébouriffés encadraient un visage ravagé. Je remarquai pour la première fois le gargouillis du chauffage central. « Vous êtes George », dit l'homme de loin. « Oui », répondis-je. Je réalisai pour la première fois que les gens échangent des banalités dans la vie alors qu'ils s'en abstiennent sur scène, chez Goethe ou chez Schiller, par exemple. L'homme traversa le tapis rouge. Comme je l'appris plus tard, il n'était autre que monsieur Kretschmar, le propriétaire de l'hôtel. « Essayez d'y mettre un peu de grâce », suggéra-t-il, et il s'employa à me montrer l'exemple en empoignant mon chariot. « Bonjour monsieur », lança-t-il avec un charme mutin à un client imaginaire, « Comment allez-vous aujourd'hui ? Je vous souhaite un agréable petit-déjeuner, aimeriez-vous autre chose, des œufs au jambon peut-être ? Ou une boulette de Königsberg ? » Il fit plusieurs allées et venues avec moi dans le couloir, j'essayai de répéter ces différentes approches, il me corrigea à plusieurs reprises, et malgré son allure pleine de dignité il se mouvait avec une élégance presque féminine. Arrivé au bout du tapis rouge, il s'arrêta enfin et, à ma grande surprise, me caressa la joue. « Cordialité d'un inconnu. » J'en sais plus aujourd'hui, je n'ignore plus le martèlement des bottes et les corps décharnés, mais le souvenir de ces doigts caressants sur ma joue m'est resté. Dehors, à Berlin, la situation était déjà explosive, violents affrontements, le Führer moustachu s'envolait vers le nord, mais ici sur le tapis rouge, Berlin semblait ne pas exister, je poussais le chariot, chantais d'une voix dissonante un succès des années vingt, « Si tu étais la seule fille sur Terre, je serais le seul garçon. »

La seule fille sur Terre se trouvait à l'autre bout du couloir. Deux yeux bleus souriaient, avant de se baisser vers son opulente poitrine. Je poussais le chariot dans sa direction. Rien n'était dit dans cette opérette sans paroles. Elle se penchait sur le charriot, plantait un baiser sur mon auguste nez et s'en allait. Aujourd'hui, soixante-dix ans plus tard, je me souviens parfaitement du contact de ses lèvres sur mon nez et j'oublie le martèlement des bottes et les corps décharnés.

Volupté d'un imbécile.

3

Il faisait froid en ce mois de décembre, la neige assourdissait les rues. Les clients se faisaient plus rares dans les couloirs de l'hôtel, ils semblaient inquiets, contrairement à moi. On m'affecta à la réception où, deux semaines durant, je remis des clés et conduisis les clients dans leur chambre à l'étage. Je m'habituai à ce rituel, même si les croissants me manquaient. À mon grand étonnement, je fus ensuite transféré dans le café, où j'occupai la fonction de « maître de plaisir ». Madame Kretschmar, une grande femme à la mine sérieuse, par ailleurs fort sympathique, me fournit un costume noir, une chemise blanche au col amidonné et une cravate ; le costume était un peu grand, de coupe grossière, et les manches couvraient à moitié mes mains. Mon travail consistait à accueillir avec un sourire les clients qui arrivaient, et à annoncer en levant deux doigts, par exemple : « Oui, une table pour deux. » J'étais même autorisé à m'asseoir à leur table pour bavarder avec eux, et à commenter incidemment d'un air sombre : « Eh bien, si vous pensez que monsieur Papen ferait un excellent président », en évitant soigneusement toute allusion aux moustaches. L'épisode le plus frappant eut pour protagoniste Eugen, qui un jour, dans l'étroit couloir, engagea une conversation avec monsieur Kretschmar. « Ne pensez-vous pas vous aussi, monsieur Kretschmar, que le temps est venu, sinon d'expédier ce jeune juif en Ouganda, du moins de le renvoyer chez lui ? » Kretschmar le regarda. « Quel jeune juif ? – Il s'appelle George, je crois. » Monsieur Kretschmar gifla Eugen sur les deux joues et prit congé. « Le jeune juif restera aussi longtemps qu'il le voudra. Et maintenant, fichez le camp, et que je ne vous revoie plus ! Allez, ouste ! » C'en fut donc fini d'Eugen ; je dois d'ailleurs avouer que je me sentis libéré par son absence. Malgré mon allure pataude et mes manches trop longues, je m'affairais ici et là, Bonjour Monsieur, une table pour deux, sans remarquer le visage inquiet des clients, dont le nombre diminuait, ni leur voix chagrine lorsqu'ils s'installaient derrière leur journal. Je ne les interrogeais pas – pas plus que je ne m'interrogeais moi-même sur les raisons de leur inquiétude, même si durant ces paisibles soirées, je commençai à lire quelques-uns de ces journaux, notamment le *Berliner Illustrierte*, qui traitait exclusivement de théâtre et de football. L'essentiel était Anne aux yeux d'azur ; le matin, je me rendais à quatre ou cinq reprises dans la cuisine, lui faisais en vitesse quelques compliments imbéciles et tendais parfois la main pour toucher sa joue, sous les regards furtifs des cuisiniers. Souvent, je m'abandonnais à des fantasmes érotiques, j'arrachais son chemisier et j'enfouissais mon visage entre ses énormes seins, le soir je m'asseyais à une table prise au hasard, la plupart du temps celle d'un producteur soucieux dont j'ai oublié le nom, qui un jour m'emprunta dix marks et déclara d'une voix triste : « Ratkay a été arrêté. – Scandaleux », dis-je, bien qu'ignorant tout de ce Ratkay et du motif de son arrestation. Aujourd'hui, soixante-dix ans plus tard, je le connais et mon ignorance d'adolescent me fait honte, le martèlement des bottes me poursuit toujours ; mon excuse un peu minable est la bienveillance des Kretschmar, car elle l'emportait sur l'horreur qui se tramait dans les rues enneigées.

À Noël, ils m'invitèrent dans l'appartement du premier étage, au sol recouvert de moquette. Ils s'efforçaient d'être gais, mais eux aussi semblaient préoccupés, à l'exception de Gert, le frère d'Anne, un jeune homme mince à lunettes venu de Londres pour prendre part au festin, Londres où il apprenait au Claridge le raffinement à l'anglaise. Nous mangeâmes de la bonne viande anglaise et bûmes du vin blanc qui me fit tourner la tête. Après le repas, Gert mit un vieux disque sur le gramophone et monsieur Kretschmar fuma un long cigare. « Sometimes I'm happy », chantait une voix éraillée. « Sometimes I'm blue, my disposition depends on you-ou-ou. » L'alcool attisant ma flamme, j'invitai Anne à danser. Nous glissions joue contre joue sur ce qui était peut-être un fox-trot anglais et je m'imaginais niché entre ses seins. Quand mon regard tomba incidemment sur la famille, qui nous observait, je vis Gert se tourner discrètement vers ses parents pour leur faire un commentaire visiblement désapprobateur. Deux jours plus tard, il y avait foule dans le café, l'un des cuisiniers – il s'appelait Hansi – entra par les portes battantes et me fit signe avec insistance. Déconcerté, je le suivis dans la pièce du fond, où Anne était assise sur le plan de travail. Lorsqu'elle me vit, elle éclata en sanglots. « Qu'est-ce qui se passe ?, demandai-je. – On m'envoie, répondit-elle en pleurant, à Southampton. »

Ils l'envoient en Angleterre au lieu de m'expédier à Budapest avec un coup de pied aux fesses ; mais je n'eus pas le temps d'exprimer mon indignation qu'Anne enserrait déjà mes hanches de ses jambes et se renversait sur la table, m'offrant son chaud calice. Hansi passa la tête dans l'entrebâillement de la porte et dit : « Pas maintenant. »

Pas maintenant, ni jamais. En ces temps d'innocence, les filles restaient vierges jusqu'à leur nuit de noces ; dans mon milieu en tout cas, « sexualité » était un mot sale, seules les filles issues du prolétariat tombaient enceintes avant le mariage. On noyait le reste dans un flou romantique, dans mon milieu du moins. Le corps, en dessous des hanches, était *terra incognita*. On soupirait beaucoup et on murmurait : « Je t'aime ! » avec le plus grand sérieux, comme si c'était la première et, dans mon milieu du moins, la dernière fois. Anne partit à Southampton, emportant pour ainsi dire mon cœur avec elle. Une fois par semaine, elle écrivait sur un petit papier bleu anglais des messages très féminins, évoquant les arbres, les oiseaux et les prairies ou sa propre personne ; madame Bertha déposait ensuite les lettres dans ma chambre, devant une coupe contenant deux bananes et une pomme. Chaque soir, j'ouvrais ma porte et avançais lentement à reculons, dans l'espoir d'une surprise, je cherchais à tâtons et une fois par semaine, mes doigts trouvaient devant les bananes la petite lettre bleue.

Un autre sentiment m'habitait cependant. Je pourrais l'appeler « colère ». Mais il s'agit d'un mot, pas de la colère biblique des premiers temps. Est-ce vraiment cela ? Je ne crois pas aux horoscopes, mais il paraîtrait que je suis né sous le signe des Gémeaux ! Parfois, je me dis que l'un était un brave type, l'autre un salaud. L'un des jumeaux était poli, optimiste, Berlin n'est-elle pas une ville merveilleuse, ce soir je pourrais bien trouver une petite lettre bleue. Et l'autre jumeau nourrissait en son for intérieur une grande colère, contre Anne qui l'avait quitté, contre ses parents qui l'avaient laissé seul à Berlin en ce froid mois de janvier, cette colère, enfouie très profondément, je n'en avais pas conscience, c'était plutôt une humeur tenace, apparentée au rêve, tout ce que je sais, soixante-dix ans plus tard, c'est que toutes les maudites créatures qui m'ont abandonné ou laissé partir se sont retrouvées encerclées par cette colère, laquelle m'a toujours amené à prendre congé. Non, va-t-en, adieu. Je t'ai aimée, à présent tu m'es indifférente, ce sentiment, que j'appelle colère, a fait de moi un étranger – c'était bon de se sentir étranger dans un monde que je n'avais pas créé.

Ce dont je me souviens maintenant, c'est que j'étais devenu adulte, pourrait-on dire. Par le passé, avant qu'Anne ne disparaisse, j'avais agi avec une honnêteté stupide et selon mon humeur. Je commençai à présent à jouer un jeu, à prendre différentes attitudes. Au café, par exemple, j'étais sérieux, un étranger sérieux. J'accueillais les clients le front plissé, je les saluais dans un allemand approximatif, parfois en mauvais français, « Bonjour, comment ça va, une table pour deux », parfois aussi j'allais jusqu'à changer de langue, après tout j'étais un inconnu ici, « Buon giorno, una tavola per due », les clients, soucieux comme ils l'étaient, ne prêtaient pas attention à mon babillage, même quand il m'arrivait de les saluer en anglais. « Good morning Sir, a table for one, this way please » ou bien dans un hongrois triumphal : « Jó napot, két személy, kérem szépen. » L'essentiel était le front plissé, qui seyait à un individu adulte, et tard le soir, lorsque je m'asseyais à côté des derniers clients, je leur demandais invariablement : « Quelles sont les nouvelles ? », ce à quoi ils répondaient habituellement par un soupir chargé d'inquiétude, avant de se retirer. Durant mes loisirs, j'allais me promener, j'arpentais le Ku'damm, me hasardais même jusqu'à la Tauentzienstraße, avec la mine renfrognée de l'étranger qui vit dans un monde qu'il n'a pas créé, je m'arrêtais devant les vitrines, en particulier devant celle du magasin Peek und Cloppenburg, c'était son nom je crois, et j'admirais une veste marron que j'apostrophais parfois sur un ton menaçant : « Un jour je t'aurai ! », avant de m'adresser au portier étonné : « Bonjour, monsieur Cloppenburg ».

Signe de la colère que je nourrissais contre la belle Anne aux yeux bleus, je me rendis un samedi au célèbre Delphi-Palast, où le thé de cinq heures était servi à quatre heures, et je dansai.

La piste de danse était entourée de tables, sur chacune un téléphone. Des hommes assis, mais surtout des femmes, se téléphonaient les uns aux autres et dansaient. Tout cela avait un caractère très étrange, c'étaient tous des inconnus dans un monde qu'ils n'avaient pas créé, et ils dansaient ensemble puis se séparaient à nouveau. Je restai assis, le plus nonchalamment possible, le front plissé bien sûr, les jambes croisées, et affichai un air détaché tout en tâtant le terrain. Les couples de danseurs occupaient toute la piste, je remarquai à ma grande désapprobation que plusieurs d'entre eux étaient exclusivement féminins. Où étaient les hommes ? Sans doute à Wedding, les rouges comme les bruns, occupés à se taper dessus, que pouvaient-ils faire d'autre un samedi après-midi ? Eh oui, la politique est faite pour les goys, avait dit ma tante Agatha dans un soupir, bien des années avant qu'elle ne fût violée et tuée. Pour l'instant, je regardais autour de moi, d'un air désinvolte bien sûr ; je décroisai les jambes et remarquai, deux tables et deux téléphones plus loin, une grande fille blonde, non, une femme, elle aussi observait les danseurs, les jambes croisées, et, oh mon Dieu ! elle fumait une cigarette. À Budapest, dans mon milieu du moins, les dames ne fumaient jamais en public, dans l'intimité de leur appartement oui peut-être, sauf tante Agatha, qui roulait elle-même ses cigarettes, soixante ou soixante-dix par jour environ, au grand dam de mon père. Mais cette femme ne se contentait pas de souffler autour d'elle une fumée bleue, elle commençait par l'inhaler. Quel singulier spectacle. Je composai son numéro et lui demandai très calmement : « M'accordez-vous une valse ? » Elle répondit : « Je serais ravie de faire votre connaissance. » Je raccrochai, allai la rejoindre et lui fis la révérence. « Jutta », dit-elle, toujours au téléphone. « Baron Hidalgo », répliquai-je. « Je tâcherai de faire de mon mieux, ajouta-t-elle, bien que la valse ne soit pas mon fort. » Toujours est-il qu'elle m'examina, de bas en haut, et se leva. Elle était immense, deux mètres au bas mot, et portait une robe noire et blanche à carreaux, dite « robe Pepita ». Elle me devança sur la piste, je tentai une valse d'opérette, ouverte et retenue, en respectant une distance d'environ un demi-mètre entre nous, afin que nous puissions nous regarder dans les yeux, mais elle posa un bras sur mon épaule et m'attira à elle d'un mouvement brusque, je me retrouvai le nez entre ses seins, petits et pointant agressivement, et je valsai. Suivit un fox-trot puis, le nez toujours enfoui dans sa poitrine, un tango. Je m'apprêtais à lui faire une remarque du style : « N'est-ce pas magnifique, cette neige ? », mais elle coupa court : « Chut ! Laissons parler nos pieds. » À six heures, elle m'entraîna dehors, totalement épuisé et là, sous la neige berlinoise, elle posa une main sur mon épaule – je me sentis comme un petit garçon – et me dit : « Je voudrais vous exprimer ma gratitude. Je vais maintenant prendre le train pour Dresde où m'attend ma famille, composée de mon père, de ma mère et de mes quatre frères. Mais je reviendrai vendredi et serais très heureuse de vous retrouver à l'église du Souvenir, à cinq heures précises, pour passer avec vous une délicieuse soirée. » Elle me donna une petite tape affectueuse sur la joue, je me sentis revenu à l'âge de trois ans, et elle s'éloigna en se dandinant dans la neige, Jutta Pepita, ma gigantesque amie allemande.

Aujourd'hui, soixante-dix ans plus tard, je vois dans mon engouement pour cette géante la manifestation d'une colère adulte, pour ainsi dire. J'étais apparemment décidé à créer une situation dans laquelle je subjuguerais cette créature, de sorte que mon nez et le sien se retrouveraient à égalité. Je m'imaginais allongé sur elle, elle soumise et petite, moi au contraire, grand et fort. Cette vaine entreprise me dota d'une sorte d'énergie criminelle. Je fis à Wedding des adieux larmoyants, pris une chambre dans la Rankestraße et me comportai en tous points comme un adulte ridicule, allai chez le coiffeur, me taillai la moustache, achetai un flacon d'eau de lavande et en aspergeai ma chambre.

Jutta Pepita attendait à l'église du Souvenir. « Vous êtes en retard », me dit-elle en guise de salut. « Vous êtes en avance », hasardai-je avec un aplomb d'adulte. « Allons-y », dit-elle. Nous allâmes au café La Ménagère méconnue, à deux pas. Là régnait sa gent, j'étais le seul être de sexe masculin. Jutta but du café et mangea trois gâteaux. Puis elle me demanda en allumant une cigarette : « Est-ce que je pourrais voir votre appartement ? » Nous nous rendîmes dans la Rankestraße. Elle resta à l'entrée de la chambre pour l'inspecter. « Tire les rideaux », ordonna-t-elle, et elle se déshabilla méthodiquement, un vêtement après l'autre. Puis elle s'allongea sur le lit, qui était recouvert d'une œuvre d'art dans les tons bordeaux, le visage brodé du défunt empereur. J'embrassai son genou gauche. « Monte », dit-elle. J'ignorais ce qu'elle voulait dire, toutefois je grimpai et au bout d'un moment, la pénétrai. Elle soupira deux fois. Puis elle posa une main sur mon épaule et dit : « Merci pour cet après-midi sympathique. Tu es jeune, tu n'y peux rien. » C'était Jutta Pepita. Je ne l'ai jamais revue.

Il faisait froid en ce mois de janvier. Le café continuait de se dépeupler. En face de chez moi, à l'angle de la Rankestraße et du Ku'damm, étaient postées toutes les nuits deux prostituées grelottantes. Leur sort me préoccupait, aucun client ne les abordait, le soir tard je les invitais au café, elles s'asseyaient, comme pétrifiées, jusqu'à ce que le thé les ait réchauffées. Un jour Heini passa, emmitouflé dans un manteau, et insista pour m'emmener dans la Wilhelmstraße, où défilait une parade avec lampes de poche et chansons, *Haut le drapeau*, etc. Heini prit des photos. « C'est un moment historique. » Il ajouta : « S'il pouvait tomber et se tuer. » Lui, le Führer, apparut à la fenêtre avec sa moustache et fit signe à la foule. Il était un peu voûté, une silhouette pitoyable, pensai-je, une fois de plus je me trompais.

Peu après, les deux mains devant ses parties, il se mit à beugler son discours. Heini se haussa sur la pointe des pieds, embrassa mes joues glacées et rentra chez lui. Il se retourna une fois et cria : « Je vais me raser la moustache. » Quelques jours plus tard, le café était désert, à l'exception d'un cinéaste au chômage qui se cachait derrière son journal et du père d'un copain d'école, un ombrageux monsieur Molnar, le représentant hongrois de l'eau de Cologne 4711. Il baissa la voix, tout à fait inutilement d'ailleurs : « Qu'est-ce qui se trame ? Va-t-il tenir ? Dis-le moi, dis-le moi ! Je me fais du souci. » Il but un double Fernet Branca. Je m'assis près de lui et le réconfortai d'une manière absolument stupide. « Ne vous en faites pas. Il ne tiendra pas. Les forces démocratiques vont s'imposer. Prenez un autre Fernet Branca. – Tu crois vraiment ? » Heureux qu'il me pose cette question à moi, je lui donnai une petite tape sur la main. « Oh, j'en suis sûr. » À cet instant entrèrent six SA, grands comme Jutta Pepita. « Bonsoir, les saluai-je. Une table pour six ? Ici. Qu'est-ce que je vous apporte ? » Mon accueil sembla les étonner. Le plus grand dit : « Nous voulons du café et des gâteaux, aux frais de la maison. – Oui, bien sûr ! », répondis-je. J'appris par la suite qu'ils allaient dans tous les cafés du Ku'damm et terrorisaient les quelques démocrates décadents qu'ils y trouvaient. Je me rendis à la cuisine et appelai monsieur Kretschmar. « Il y a six très grands SA, ils voudraient du café et des gâteaux aux frais de la maison. » Il sortit en trombe, le visage plus chiffonné que jamais, les cheveux en bataille. « Dehors ! rugit-il, allez, fichez le camp ! » Tout grands qu'ils étaient, ils obéirent et s'en allèrent. Ce fut ma première leçon de résistance. Lorsque le Reichstag brûla, le moment vint de s'éclipser. Les Kretschmar m'aidèrent à faire mes valises et m'emmenèrent à la gare. Ils me serrèrent dans leurs bras et me souhaitèrent bonne chance. Pourquoi étaient-ils si bons avec moi ? Dans ma bêtise, ils me semblaient très allemands, même si Berlin commençait à brûler. Je pris le train pour rentrer chez moi. Juste avant d'arriver, je me postai dans le couloir et humai le parfum de ce que l'on appelle le pays natal. Le train freina brusquement, et je fus propulsé quasiment à l'autre bout du couloir. L'une des jambes de mon pantalon s'était déchirée, ma jambe saignait, mes parents m'attendaient. « Qu'est-ce qui s'est passé ? », s'exclama ma mère. Je clopinai entre eux jusqu'à ce lieu que l'on appelle « chez-soi ». Mais leur odeur m'était étrangère. « Il y a de la soupe de tomate pour toi, dit ma mère. Ensuite, tu prendras un bain. » Je le sais maintenant, c'était le début d'un long voyage au bout de la nuit. Ma mère commença l'énoncé des nouvelles : « Grand-maman Fanny a eu une attaque. Elle a la bouche tordue, mais elle veut jouer aux échecs avec toi. Ton frère Paul est marié et heureux, sa femme est enceinte. » Nous étions serrés dans le taxi. « Mobilisation générale, dit mon père, changeant de sujet. C'est un fléau, ce Hitler, non ? – Oui », approuvai-je. Mon père était rasé de près. Aujourd'hui, soixante-dix ans plus tard, je passe mon bras autour de leur cou, mais à l'époque, dans le taxi, je ne le fis pas, cela, je ne peux pas me le pardonner, ils pourrissent dans des tombes anonymes, mais dans le taxi leur odeur m'était étrangère, j'étais devenu adulte.

Qui voyage si tard par la nuit et le vent ?

Quelques semaines avant ma naissance, mon père, Cornelius, dut entreprendre un voyage vers le sud, dans le cadre de ce qu'il appelait « une mission historique » ; il accompagnait en effet le prince héritier François-Ferdinand et sa femme à Sarajevo. C'était – lui, pas le prince héritier – un géant, bien habillé, arborant un front dégarni, une tendance à l'embonpoint et un cigare planté en travers de la bouche. Malgré son jeune âge, il avait l'habitude de se définir comme « un vieux reporter ». Son premier livre, un ouvrage qui témoignait d'une érudition suspecte sur le thème de la prostitution, écrit avec une grande empathie et comportant des détails intimes, avait vaguement fait sensation, ce qui lui avait valu la remarque suivante de grand-mère Fanny : « Ah, Cornelius, voilà donc à quoi tu t'occupais quand j'avais le dos tourné ! » Un an plus tard, il sillonna la Russie, intitula son rapport *Le Pays de l'effroi*, titre destiné aux censeurs, car il éprouvait une secrète sympathie pour la Révolution de 1905 et mentionnait avec bienveillance un certain Trotski.

Arrivé à Sarajevo au terme d'un ennuyeux trajet, il passa deux heures dans son hôtel, épuisé, tandis que le prince héritier et sa femme s'apprêtaient à tomber définitivement dans l'oubli, sous les balles d'un nationaliste serbe, et que quelques semaines plus tard éclaterait la première guerre mondiale. Sur ces entrefaites, mon père prit le chemin du retour, en faisant une courte halte à Belgrade. Il reste de ce voyage une carte postale sur laquelle figure un palais, ainsi que ce commentaire affectueux : « Très chère Elsa, par la fenêtre du haut, marquée d'une croix, un prince a été jeté et en est mort. À bientôt. » Lorsqu'il arriva à la maison, chargé de broderies serbes, ma mère me souleva fièrement. Nous nous regardâmes. Le « vieux reporter », d'humeur facétieuse, se pencha vers moi et me dit : « Qui c'est, ça ? » Grand-mère Fanny, pas du tout dans les mêmes dispositions, le rabroua : « Ton fils, Cornelius, et pourrais-je savoir où diable tu étais ? – À Sarajevo. – Ça, tout le monde peut le dire. » Il rit et me donna une tape sur le nez, que j'avais moins grand qu'aujourd'hui. Voici encore une autre de ses facettes : quelque temps plus tard, alors que j'étais allongé sur mon lit d'enfant par une chaude matinée d'été, il m'enleva, m'emmena furtivement dans un petit bois près de la maison et me couvrit de baisers pendant plusieurs minutes. Le garçonnet potelé aux yeux de scarabée que j'étais alors sentit le parfum de la lotion après-rasage sur son menton.

Il n'était pas toujours très doux. Il revint du front russe, où on l'avait envoyé comme correspondant de guerre, les oreilles bleuies par le froid. Je jouais par terre avec des soldats de plomb, faisais boum boum et en balayais quelques-uns du tapis. Il se mit en colère et piétina ma bataille enfantine : « Fini les guerres, fini ! » Deux ans plus tard, la guerre était terminée, nous n'avions ni chauffage ni pain. Il donna une conférence au théâtre Urania devant une salle comble. J'étais assis au premier rang du balcon, entre ma mère et un archevêque. On commença par projeter un film comique pour nous mettre en condition. Puffi Huszár, le plus gros acteur de l'empire austro-hongrois, entrait dans une boutique de chaussures, essayait différentes pointures, en demandait d'encore plus grandes, rien n'allait, finalement une chaussure longue de deux mètres s'avéra être à sa taille, il sortit de la boutique en se dandinant, le public riait, reconnaissant ; il avait, si l'on tient compte des circonstances, un sens de l'humour un peu primaire, le seul qui ne riait pas était l'archevêque.

Puis mon père entra en scène, montra sans cérémonie quelques diapositives de réfugiés misérables, qui s'entassaient à l'entrée de la ville dans des wagons de train abandonnés, notamment un enfant aux lèvres rongées par les rats. Le public ne riait pas. L'archevêque me dit en hochant la tête : « Dis à ton père de décider s'il veut nous faire rire ou pleurer. »

La paix devait être blanche. Des troupes qui se disaient de cette couleur firent leur entrée dans le pays démantelé, conduites par un amiral sans mer, à cheval. Quant à nous, les enfants, cette triste plaisanterie nous échappait, nous jouions au bord de l'eau sur le sable estival, à l'exception de cette soirée que je passais assis sur les genoux de ma mère tremblante, dans une chambre d'hôtel sombre, tandis que mon père gisait dehors, le visage ensanglanté, parce qu'il avait dit aux blancs victorieux : « Oui, je suis juif. » Bientôt, plus personne ne put dire quoi que ce soit. Il perdit son poste de rédacteur, après avoir travaillé pendant des années à la même table que le spirituel Ferenc Molnár, à qui il avait conseillé de se rendre à la fête foraine du parc municipal où Liliom séduisait assidûment les jeunes filles. À présent, les morts étaient enterrés, comtes et barons tâchaient de gouverner le pays, les tramways étaient de nouveau à l'heure, nos voisins de nouveau aimables, seul l'un d'eux se plaignait de mon frère qui martelait les études du « juif Bach » au piano. Mon père se promenait avec moi le dimanche, sans me donner la main, admirait les nouveaux bâtiments dans le style du Bauhaus, dénigrait les merveilleuses maisons anciennes aux façades ornementées. Il écrivait des piges pour un éditeur pas tout à fait blanc et, parallèlement, inventait le tourisme. Il me dictait d'ennuyeux rapports, à moi qui, penché sur une vieille machine à écrire, rêvais d'aller jouer dehors sur un terrain de football poussiéreux, ou de convaincre ma lointaine cousine Eva de m'accompagner jusqu'à un pommier planté sur la colline de Buda. À l'heure qu'il est, je le vois devant moi, assis dans un fauteuil, fumant un cigare, entouré de plusieurs milliers de livres, il a dû tous les lire. « Apporte-moi mon cher Balzac », me demandait-il, je grimpais sur l'escabeau pour atteindre le rayon, il me lisait un passage au hasard. « Même dans cette traduction minable, il est grandiose. » Un jour, en tête-à-tête avec les austères rayons, j'ouvris une vitrine située sous les Balzac et les Flaubert et trouvai, soigneusement dissimulée derrière les œuvres complètes de Sainte-Beuve, une pile de caricatures pornographiques d'auteurs aussi célèbres qu'honorables. Parfois, l'après-midi, il recevait des visiteurs, des bons à rien, peintres, écrivains et musiciens dénués de talent, il écoutait avec attention leurs jérémiades, les encourageait. Il y avait parmi eux un spécimen athlétique, dont la principale caractéristique était sa disposition pour le karaté. Un jour, il m'appela : « Vas-y mon garçon, frappe-moi, où tu veux ! » Je m'approchai avec hésitation de son gros ventre et le boxai au niveau du nombril, il tomba à terre. Cela demeura mon seul succès de boxeur, je fis pour un moment la fierté de la famille. En dehors de cet événement nombrilistique, je n'eus droit qu'une seule fois à ses éloges. Il m'appela du bureau et me donna rendez-vous au Café Terminus, en face de la gare Westbahnof. Cette invitation, la première du genre, me parut étrange. C'était un après-midi pluvieux. Il était assis à une table au plateau de marbre, avec un schnaps à l'abricot et un gros rhume. Je ne l'avais jamais vu boire un schnaps à l'abricot, ni même un schnaps tout court. Après quelques remarques d'une gentillesse affectée, il se mit à encenser, de manière tout à fait inhabituelle, l'une de mes nouvelles, une nouvelle qui traitait sous un angle surréaliste de notre machine à écrire ; celle-ci déversait un flot ininterrompu de paroles et refusait de taper l'un des poèmes immatures que j'adressais à une dame prénommée Genoveva, sous prétexte que je devais me consacrer aux chômeurs du secteur agricole, tandis que moi, tout aussi têtu, je dictai un petit mot adressé à ma bien-aimée ; la machine à écrire, furieuse, se suicidait en sautant par la fenêtre. « Brillant, dit mon père, et il se moucha, fais juste attention à ta ponctuation. » J'étais abasourdi et un peu mal à l'aise. Son éloge inhabituel et enrhumé sonnait comme une excuse, ou plutôt comme une préparation à des choses sombres qui devaient venir, et elles vinrent en effet.

Dehors, un tramway roulait dans un bruit de tonnerre. Il finit son verre déjà vide et, sans me regarder, posa sa lourde main sur mon épaule. « Il est temps, mon fils, de t'éclairer sur certaines choses. » Mon Dieu, pensai-je, pas encore ; s'il voulait m'informer sur ce que font les papillons et les abeilles, j'allais devoir contrer cette maudite entreprise et avouer comment j'avais séduit ma demi-cousine Eva, pour n'en citer qu'une, mais mon père avait déjà jeté l'argent sur la table et m'entraînait sous la lumière déclinante, se mouchant à nouveau, vers une rue latérale ; il sonna à une porte et nous montâmes immédiatement au deuxième étage. Il y avait là une petite plaque sur laquelle était écrit à la main : « Chez madame Claire ». Une dame volumineuse, entre deux âges, vêtue d'un kimono fleuri, ouvrit la porte. Elle salua mon père, un « cher et fidèle client ». « Ah, le voilà », dit-elle en me caressant le visage de sa main grassouillette, puis elle nous fit traverser un couloir fleurant l'eau de Cologne et décoré de dessous féminins, jusqu'à un grand séjour. « Asseyez-vous et faites votre choix ». Elle leva les sourcils pour annoncer les délices qui nous attendaient. Nous prîmes place sur un canapé, elles entrèrent en trottinant, l'une après l'autre, grandes, petites, grasses, blondes, brunes, légèrement vêtues et le sourire un peu figé ; certaines dirent « bonjour » à mon père, qui au bout d'un moment me donna un coup de coude, invitation à jeter enfin mon dévolu sur l'une d'entre elles. Alors, la dernière fille entra en se pavanant, *la pièce de résistance*, vêtue de blanc virginal jusqu'aux hanches, nue en-dessous, le nombril orné d'une prometteuse tête de diable. Je pointai le doigt vers elle, elle s'immobilisa, mon père lui dit : « Gisela, sois douce avec mon fils » et il sortit, de nouveau sans me regarder. Elle me conduisit dans une petite chambre, au mur un autre diable sympathique dans une botte de foin, elle se déshabilla, je dis : « Personne ne doit le savoir, mais je ne suis plus aussi innocent qu'il le croit. » Je dus donc une nouvelle fois souffrir que l'on m'éclaire. Lorsque je sortis, il pluviotait. Mon père attendait sur le seuil de la maison en face. « Si vite », fit-il lorsqu'il me vit. Dieu merci, il n'ajouta pas que j'étais enfin un homme. Pour la dernière fois, il posa la main sur mon épaule, « Maintenant tu es un homme », dit-il.

Père et fils marchaient sous la pluie, très près l'un de l'autre, sans dire un mot, faisant corps contre la nuit. Il en oubliait même de se moucher. À vrai dire, j'étais troublé de le voir si ému par le simple fait que je venais de perdre ma non-innocence. J'étais heureux qu'il se taise et ne m'interroge pas sur l'impression que m'avait faite la nudité de Gisela en dessous des hanches. Le Roi des aulnes, pensai-je, et son fils. Lorsque nous prîmes le pont des Chaînes pour traverser le fleuve, il essuya son nez qui coulait. « Autrefois, les gens venaient se suicider ici en se jetant dans le fleuve. Aujourd'hui, le monde s'apprête à connaître une nouvelle fièvre sanguinaire. » Je ne voyais pas du tout de quoi il parlait. Il se tut jusqu'à ce que nous arrivions au café, où ma mère jouait au rami avec madame Sipos, une femme aux dimensions monstrueuses qui s'habillait comme une jeune fille et se plaignait sempiternellement des infidélités de monsieur Sipos. Lorsque nous entrâmes, ma mère adressa un regard interrogateur à mon père, qui hocha la tête sans ajouter, Dieu soit loué, que j'étais désormais un homme. Ma mère soupira et se détendit. Nous nous assîmes à une table voisine, où monsieur Sipos, un éminent journaliste qui n'était pas hostile au fascisme, mangeait deux œufs à la coque ; le jaune coulait de sa bouche tordue. Mon frère, plongé dans des rêveries poétiques, fixait son eau minérale. La pluie cessa. « Partout, annonça monsieur Sipos en recueillant son jaune d'œuf, mobilisation générale. » Il regarda mon père, comme si c'était de sa faute. « La guerre est inévitable », poursuivit-il en observant les épais nuages au-dessus du fleuve. Nous suivîmes son regard. « Eh oui, ajouta-t-il pour insister sur le caractère inéluctable de la guerre, Adolf Hitler sillonne le monde en avion. » Un peu de jaune d'œuf était resté collé sur sa lèvre inférieure. « Des dizaines de milliers de sous-marins vont envahir l'Angleterre. » Il s'essuya la bouche avec une serviette en papier. « J'envisagerais sérieusement d'émigrer, en Ouganda peut-être. »

Mon frère sortit de sa rêverie, échangea un regard malicieux avec mon père et se lança dans une de ses fameuses fictions. « Comme tu as raison ! », s'exclama-t-il en balayant d'une pichenette un morceau d'œuf tombé sur ses genoux. « Oncle Aladár Sipos, le prophète dans le désert. Je sais ce que je dis, j'ai soigneusement visité l'abattoir municipal qui orne l'avenue Ferenc, pas loin du Danube, lequel n'est d'ailleurs jamais bleu. À l'entrée, derrière des fils barbelés, une grande volée de poules observaient et clignaient des yeux en attendant leur tour. Dans une cage à côté, plusieurs gorets grognaient d'une voix grave et essayaient désespérément de se libérer, bien qu'ignorant encore tout de leur sort. Il y avait dans un coin une autre cage, avec à l'intérieur un certain nombre de sympathisants qui jetaient un regard désapprobateur aux badauds. » Sans égard pour la grammaire, il passa au présent. « Dans le grand espace situé à l'arrière, un tapis roulant progresse lentement, dessus un juif nu, le premier d'une longue file. Les employés de l'abattoir en tablier blanc, au nombre de six, s'emparent de lui, il tente de se lever, tombe à terre, ils lui coupent d'abord la tête, au bout de l'impitoyable tapis roulant, comme c'est l'usage, il ne subsiste rien de cet homme – triomphe de l'efficacité – que ses entrailles puantes que l'on jette dans la sciure, mais on retire soigneusement ses testicules pendants et on les fourre, avec ce qui reste de lui, dans une bouteille afin de les consommer ultérieurement. » Monsieur Sipos se leva et voulut s'en aller, mais mon père réussit à le retenir par le bras et lui demanda poliment de regagner sa place. « Une histoire déplaisante, dit-il doucement. Née de l'engouement de mon fils aîné pour le défunt marquis de Sade, ne vous en formalisez pas. Je l'ai prié récemment de lire des choses plus sympathiques. Notre cher Krudy par exemple, l'anachorète mélancolique qui vit sous les arbres de l'île Marguerite. Veuillez excuser la virulente imagination de mon fils, indigne de notre peuple respectable. J'aime ce pays, son histoire me fait venir les larmes aux yeux. Un petit peuple qui surgit du fin fond de l'Asie et cavale sans but précis vers l'Occident, un peuple dont l'unique particularité consiste à placer de la viande crue sous la selle de ses chevaux pour la rendre tendre et savoureuse. Ils arrivent dans le bassin du Danube, se jouent des habitants slaves qui n'y comprennent goutte, c'était quand déjà, ah oui, il y a mille ans, ce qui me plaît tant chez eux, c'est leurs défaites systématiques au combat ; à une ou deux exceptions près, ils n'ont jamais gagné une guerre, bien qu'ils se soient insurgés à peu près tous les cinquante ans contre l'injustice, qu'ils se soient battus comme des lions pour être finalement vaincus. Je ne citerai qu'un exemple : en 1848 ils ont tenu tête au monde entier, notamment aux Autrichiens et aux Russes, et se sont fait saigner à blanc pendant deux longues années, sans le moindre espoir d'une évolution, sous l'inspirant commandement de Lajos Kossuth, tu sais de qui je parle. – Bien sûr que je sais de qui… », fit monsieur Sipos, légèrement agacé, mais interrompu par l'index pointé de mon père. – Et leur chant d'un réalisme si émouvant, c'est comment déjà ? » Il fredonna quelques mesures, mon frère l'accompagna, lalala. « Lajos Kossuth a envoyé un message : ses régiments sont partis ! » Il fit signe à Paul d'arrêter le lalala. « S'il envoie encore un message, nous devrons tous y aller ! » Monsieur Sipos, à qui l'ironie dévastatrice de mon père n'échappait pas, se leva. « Pas maintenant, pas maintenant. » Mon père enfonça le clou. « Mais si un nouvel appel à l'aide se fait entendre, nous partirons, gage d'une singulière acceptation de l'échec, ou d'une insoumission, tandis que d'autres endurent les tourments jusqu'à en arriver à aimer la guerre. »

Monsieur Sipos, le visage empourpré, avait déjà fait deux pas en direction du fleuve. « Tu n'as pas honte ? – Non », dit mon père.

Entre-temps, je poussais, les boutons avaient disparu de mes joues, je terminais mes études tant bien que mal, les dames de ma vie – dames plus ou moins « dames » – allaient et venaient. En cette perfide année 1932, il voulut partir avec moi à Berlin. « Mon cher fils, puisqu'il y a dans notre pays plus d'écrivains que de lecteurs, et que nombre d'entre eux achèvent leur œuvre par un suicide en se couchant sur des rails, je n'ai d'autre solution que de faire de toi un garçon d'hôtel. » En octobre, nous nous mîmes en route, chargés d'énormes bagages, comme si nous partions pour l'Ouganda, ainsi que d'un long salami, seuls dans un compartiment de seconde classe. Peu avant notre arrivée à la frontière, il me dit : « Je vais boire un café au wagon-restaurant, surveille les valises et sois poli avec les inconnus. » Il me laissa dans le compartiment, je me mis à gamberger sur les femmes allemandes, que j'imaginais toutes blondes et bien proportionnées, quand un contrôleur tchèque ou slovaque apparut, salua et demanda à voir mon passeport et mon billet. « C'est mon père qui les a, dis-je. – Ah bon ? fit-il avec un sourire moqueur. – Et où est-il ? – Dans le wagon-restaurant. » On aurait dit qu'un moustique l'avait piqué. « Oh ! Le wagon-restaurant a été décroché et poursuit sa route avec plusieurs autres en direction de Vienne. » Ah, voilà une aventure, pensai-je, et je m'imaginai prisonnier dans un cachot de Prague, victime d'un malentendu tchécoslovaque. Le malheureux contrôleur disparut et revint accompagné d'un employé barbu. Ils me fixèrent, ainsi que les bagages, échangèrent des propos obscurs en tchèque ou en slovaque, puis s'assirent devant moi et se retranchèrent dans le silence. Ils soupirèrent, eurent un geste d'impuissance, et finirent par partir tout en m'adressant des paroles d'encouragement, me conseillant d'envoyer un télégramme à mon père, depuis l'une des stations desservies par le train, pour lui dire de renoncer à son café, de prendre un autre train et de venir me chercher. Puis ils se détendirent, m'offrirent un verre d'eau et refusèrent d'un signe de tête les cigarettes que je leur tendais, avec un bref laïus sur les dangers du tabac. Je dus descendre à mi-chemin dans un lieu nommé Kosice ou Kassa, ils m'aidèrent à m'installer sur la valise et le salami. Je passai plusieurs heures devant le café fermé à attendre mon père, lequel arriva, l'air fébrile, dans une charrette à lait. « Désolé, c'est de ma faute, ça n'arrivera plus. » Il s'affala sur le banc à côté de moi. « Voilà ce qui se passe quand on disloque la monarchie austro-hongroise, non, ce n'est pas ce que je voulais dire, idiot que je suis, pourquoi ne m'a-t-on pas prévenu, le café était infect. » Nous arrivâmes à Berlin dans la grisaille matinale et prîmes nos quartiers chez un certain professeur Grün à Wedding, un ami – chauve – de mon père. Sa femme était aussi sympathique que lui, mais au cours des nombreux mois durant lesquels je logeai chez eux, elle ne cessa quasiment pas de jouer Bach au piano, tandis que je me retirais dans une autre pièce, du coton dans les oreilles, jusqu'au jour où je… Mais il s'agit ici de l'histoire de mon père, pas de la mienne. Il resta encore une semaine, plein d'entrain, donna rendez-vous à un tas d'amis allemands, organisa ma triste carrière à l'hôtel Hessler, en face du cinéma UFA près du Zoologischer Garten, m'emmena en promenade dans la ville animée, jamais dans ma vie je n'avais rencontré autant de gens, passa la fin de la journée précédant son départ dans le Tiergarten et s'arrêta devant un banc qui portait un petit panneau indiquant « Banc ».

Il faisait doux ce jour-là. « Très bien, s'exclama-t-il en s'asseyant. Il est écrit là non pas "Éléphant", mais très distinctement "Banc". L'ordre, toujours l'ordre ! Je préfère le chaos. » Les rayons du soleil d'automne filtraient à travers les branches. Il alluma un cigare. « En somme… », commença-t-il, puis il s'interrompit. « Bonne chance », dit-il enfin, mais avec un point d'interrogation. « Tu sais, je ne suis qu'un journaliste, les faits, les faits, ce qu'il y a entre eux, pour moi c'est du silence, je ne suis pas écrivain, je n'ai aucun talent pour rendre les mensonges éloquents. Je ne mentirai jamais comme ton frère Paul ou comme William Shakespeare, la musique merveilleuse des mots, mots, mots, jamais, jamais je ne… » Pour la première fois, je le vis pleurer, je pris sa main, son visage s'était crispé en une grimace enfantine. Les mots affluaient. « Je disais à Tolstoï que… » J'essayai de l'aider. « Quoi ? – Des faits, des faits », poursuivit-il, les mots se bousculaient, il ne les maîtrisait plus. « Il était petit, baisait sa femme, s'en allait rongé de remords, la baisait à nouveau, je suis désolé. » Un groupe de jeunes hommes surgit d'entre les arbres, engagés dans une joyeuse conversation. « Bonsoir », lança mon père. C'était un mensonge, la lumière du jour tombait sur la pelouse. Ils s'arrêtèrent, le regardèrent d'un air grave, l'un deux leva un bras, ils s'éloignèrent en discutant. « La coupe de cheveux, dit mon père. Coupés courts. Dangereux. Je perds mes cheveux. Il faut que j'achète un cadeau pour ta mère. » Il sembla reprendre ses esprits. « Prends soin de toi, personne d'autre ne le fera. »

Soixante ans plus tard, je visitai Auschwitz, cherchant un signe qu'il m'aurait laissé. Sans grand espoir : les morts étaient partis en fumée, la douleur des vivants n'est pas leur affaire, il s'était depuis longtemps désintégré, était devenu poussière mêlée à d'autres poussières, et pourtant je le cherchais, du reste c'est son histoire, pas la mienne. La célèbre porte d'entrée était plus petite que je ne l'imaginais, avec l'inscription « Le travail rend libre ». Dans les parages, je ne vis d'abord qu'un gardien, puis arriva une famille japonaise avec deux petits enfants, qui couraient tout excités dans l'un des bâtiments. Je continuai de marcher, cherchant à m'absorber dans le sentiment du deuil, mais je n'y parvenais pas, des pensées idiotes jaillissaient de mon esprit indocile, « d'ici jusqu'à l'éternité », elles voletaient comme des mouches autour de mon crâne, et « jamais le dimanche », je les rejetai, m'arrêtai devant une flaque, a-t-il pataugé ici ? un autre bâtiment se dressait, sombre, sur une pancarte était inscrit : « Hongrie », j'entrai dans un couloir silencieux et lugubre, un large escalier menait en haut, a-t-il essayé de monter avec sa jambe cassée ? au premier étage une grande salle, soigneusement décorée de photos de détenus, en rang pour l'appel ou poussant une charrette, plusieurs milliers, dépouillés de leurs cheveux, en uniforme, peut-être est-il parmi ceux-là en tenue de déporté ; en hongrois on disait sobrement non pas « camp de concentration » mais « Gyüjtö-tábor », un tábor, un tábor avec un « I » à la fin, notre nom, ce qui signifie « l'homme du camp », sur la photo où on les voit adossés au mur ils se ressemblaient tous, ce pouvait être n'importe lequel, je restai là longtemps, ne le trouvai pas, il n'avait pas toujours été aussi anonyme, je m'arrachai à ce vide, où es-tu ? j'allai dans l'un des lieux d'exécution, passai par une entrée basse et étroite, un groupe d'enfants israéliens portait des petits drapeaux fatigués, ils étaient accompagnés par un guide, qu'ils suivaient en silence, une fille se tenait le nez collé au mur et sanglotait sans bruit. Sous le plafond bas doté de petits tuyaux par lesquels était acheminé le gaz, la fille se mit à frapper contre le mur, avait-il été là, avait-il tenté ici d'échapper avec d'autres aux tuyaux qui sifflaient, je sortis pour aller dans une autre chambre à gaz, qui avait été bombardée et laissée à l'abandon par l'armée victorieuse, un souvenir, une ruine colossale, je montai, dans toutes les directions, le soleil était comme un œil, je ramassai une pierre, où est-il, je gardai la pierre dans ma main, essayai de sentir sa présence, en vain, je la mis dans ma poche, un souvenir, le lieu entier était un souvenir, aussi célèbre que la tour Eiffel, où était-il, un joyau de ce siècle, le pire des cent dernières années, en particulier pour les heureux survivants comme moi, qui cherchent un père dans le souffle du vent. Sur les rails déserts qui menaient à un joli mémorial poussaient des touffes d'herbe, est-il là ? Les mémoriaux sont faits pour les vivants. Les morts s'en fichent royalement, et lui flottait parmi les touffes d'herbe entre les rails, sur lesquels je marchai en direction de l'hôtel, sans avoir pu trouver de réconfort. Le portier polonais me souhaita poliment une agréable nuit.

Je pris l'ascenseur jusqu'au deuxième étage et tournai, malheureux, au mauvais endroit, pris un couloir bordé de portes muettes, au bout duquel quelques marches menaient à une pièce où un homme jouait aux échecs contre lui-même. Il portait une blouse blanche et, curieusement, des bottes de cavalier. Il se tourna et cracha dans ma direction avant que je n'aie pu lui souhaiter bonne nuit ou m'excuser pour le dérangement, très étrange, en prononçant le juron allemand bien connu, *Du Schweinehund*. Je m'adossai au mur. « Cette insulte si populaire, dis-je, est vraiment absurde, je veux dire, la combinaison d'un cochon et d'un chien, je n'ai rien ni contre l'un, ni contre l'autre, mais déci-

dez si vous voulez me traiter de chien ou de cochon ! »
Sans me laisser le temps de prononcer cette remarque
d'une drôlerie désarmante, il se leva ; ses yeux étaient
blancs. N'étant pas d'humeur à chercher querelle, je
dois avouer que je m'éclipsai assez vite dans le couloir,
passai l'ascenseur et trouvai enfin ma porte. Mon père
était assis dans un fauteuil, dans sa position habituelle,
et se tenait le front d'un air pensif. « Comment vas-tu ? »,
le saluai-je bêtement. Il sembla hausser les épaules,
comme s'il voulait dire, eh bien, vu les circonstances,
pas très bien, et toi comment vas-tu. Je m'assis en face
de lui. « Il y a longtemps que je voulais te demander : en
1942 je t'ai appelé d'Istanbul, les Allemands devaient
être chassés de Russie, un salaud de censeur avait sans
doute mis les lignes sur écoute » – je parlais très fort –
« je voulais te demander, à toi et à Maman, de venir me
voir en Turquie. Je supposais que mon invitation, lan-
cée comme en passant, ne laissait pas de doute sur la
gravité de la situation ; merci, as-tu dit, je vais en parler
avec ta mère, mais tu n'es pas venu, peut-être aurais-je
dû insister, venez immédiatement, pour l'amour du
ciel, ici chez moi vous serez en sécurité, venez, venez. »
Il sembla hocher la tête, mais ne dit rien. Alors seulement, je vis qu'il portait le vêtement des détenus et
qu'un côté de son visage s'était volatilisé, laissant un
vide calciné. « Encore une chose, dis-je en rapprochant

92

ma chaise, un peu agacé par son absence de réaction, je dois apprendre la vérité. Deux hommes, dont un certain docteur Fischer, sont venus après la guerre et m'ont expliqué comment tu étais entré dans la chambre à gaz, accompagné par l'orchestre du camp, qui jouait un joyeux air tzigane, tu serais resté immobile à l'entrée, et l'on t'aurait entendu dire à un vieil homme, un autre détenu, "Après vous, monsieur Mandelbaum". Alors, est-ce que tu as dit ça ou pas ? » Avant qu'il n'ait pu répondre, on ouvrit la porte, l'homme aux bottes cavalières entra, referma la porte et se précipita dans un martèlement de bottes vers mon père, qu'il souleva et projeta contre la fenêtre, où celui-ci s'effondra, l'homme lui piétina le ventre et le frappa au visage, sa tête semblait pulvérisée, ne formant plus qu'un petit tas. Je me levai, pris une position de karaté comme au bon vieux temps, prêt à boxer l'homme au niveau de l'estomac, il se tourna et me donna un coup de pied dans le tibia gauche, la douleur était horrible, ma main se rabattit sur ma jambe, il souleva la table, la propulsa contre ma poitrine, m'empoigna et me jeta sur mon père, ou ce qu'il en restait, je gisais là, une botte pressée contre le visage, me tournai vers mon père, plus qu'un tas de poussière, et je me réveillai.

Je me rendis à l'aéroport où je devais prendre l'avion pour Vienne. Mon siège se trouvait au dernier rang. Le mauvais jumeau en moi attacha sa ceinture de sécurité et se cala dans son siège. Le bon jumeau, secoué par une main invisible, fut projeté en avant et, criant comme un âne meurtri, vomit son chagrin dans le sac en papier.

Remarques

János Arany (p. 9), 1817-1882, poète hongrois célèbre pour ses ballades, sa trilogie épique *Toldi* et ses histoires pour enfants.

The Scarlet Pimpernel (*Le Mouron rouge*) (p. 31) est une série de neuf romans populaires anglais, relevant à la fois du roman de cape et d'épée, du roman historique et du roman d'espionnage, écrits par la baronne Orczy (1865-1947).

Speak, Memory (p. 39) est le titre de l'autobiographie de Nabokov, parue en français sous le titre *Autres rivages* (Gallimard, Paris, 1961).

Le *Völkischer Beobachter* (« l'observateur du peuple ») (p. 49) fut l'organe d'information officiel du parti national-socialiste de 1920 à 1945.

Liliom (p. 76), film réalisé par Fritz Lang en 1934, est inspiré d'une pièce de l'écrivain hongrois Ferenc Molnár. Le personnage éponyme, Liliom, est un grand séducteur.

Gyula Krudy (p. 83), 1878-1933, écrivain hongrois dont quelques œuvres sont traduites en français.

Lajos Kossuth (p. 84), 1802-1894, mena la lutte pour l'indépendance de la Hongrie (1848-1849).

Achevé d'imprimer dans l'Union européenne

pour le compte de diaphanes, Bienne-Paris

en 2013

ISBN 978-2-88928-005-6